鲁迅文学院·第四届国际写作计划

International Writing Program

吉狄马加/主编   徐可/执行主编   吴欣蔚 胡嘉 程远图/编选

作家出版社

目

录

第四届国际写作计划
开幕式暨作品朗诵会

International Writing Program

Lu Xun
Academy of
Literature

*International
Writing Program*

第四届国际写作计划开幕式

暨作品朗诵会

2019 International Writing Program

时　间 - 2019年3月28日 10:00-11:30
地　点 - 鲁迅文学院芍药居校区
主持人 - 徐可

活动安排

❶ 10:00 吉狄马加副主席致欢迎辞

❷ 10:10 铁凝主席致辞

❸ 10:20 保加利亚作家兹德拉夫科·伊蒂莫娃发言

❹ 10:25 鲁院第三十六届高研班学员翟之悦发言

❺ 10:30-11:30 作品朗诵会

在鲁迅文学院第四届国际写作计划
开幕式上的致辞

2019 年 3 月 28 日

中国文联主席、中国作协主席 / 铁凝

尊敬的各位来宾、远道而来的作家朋友们，女士们、先生们：

大家好！

在春意盎然的3月，鲁迅文学院迎来了来自澳大利亚、德国、日本、奥地利、罗马尼亚、阿根廷、智利、保加利亚、吉布提的十位作家朋友，为即将开始的"第四届国际写作计划"拉开帷幕。我谨代表中国作家协会，向各位文学同道表示热烈的欢迎和诚挚的问候！

国际写作计划，是一项在世界范围内广泛流行的文化交流形式，跨国界、跨文化、跨语言的作家们在一起生活，进行真诚的对话沟通，共同探求人类繁复幽微的心灵密码。地理环境和文化氛围的差异和变化将为文学创作提供更广阔的空间，进一步激发思想的活力和艺术感知力，国际写作计划正是为作家们提供了这样一个机会，让作家朋友们在体会不同国家、民族和文明的丰富多元，捕捉不同文化气质的同时，找寻到文学表达诸多新的可能，从而为将来的创造注入异质经验和深刻体悟。

文学是灵魂返回精神原乡的一条阡陌，它积淀着人类对自然、宇宙、生活的本质思考，由人类共同的、最真切、蓬勃的生命体验凝结而成。现代科技缩短了人与人地理意义的距离，精神交流更是拉近了世界人民的心灵距离。优秀的文学作品能被全人类理解和赞赏，历经时间大潮的磨洗而越发闪亮，其中一个很重要的原因，就是它唤起了人类长久以来积累的共同精神记忆、原始经验和情感呼应。如今，世界不同种族、地域、语言、思想、阶层的文学已经建构起更加紧密普遍的联系，今天我们相聚在这里，是对地球家园的文学诠释，也是对文明共享的艺术探寻。

在中国，鲁迅文学院是一座充满艺术魅力的文学殿堂，她被每一位怀有文学梦想的青年作家殷切向往，被每一位走出去的中国作家深情怀念，这里酝酿出了许多脍炙人口的文学经典，这里汇聚过无数冉冉升起的文学新星。随着各位新朋友的到来，这里也将留下属于你们的浓墨重彩的一笔。本届国际写作计划期间，大家将在北京感受历史与现代的交融，还将去四川体会传统与自然的和谐。中国古人说，"乐莫乐兮新相知"，祝愿各位作家朋友在短暂的文学之旅中，用心感受拥有丰厚历史文化和精神遗产，并且生机勃勃的中国。

朋友们，这是一场"酒逢知己千杯少"的缘分，期待本届国际写作计划能够成为大家的美丽纪念，每当嗅到文学的芬芳，"能忆天涯万里人"！

最后，祝福大家春天愉快、吉祥如意！

谢谢！

✎ 开幕式合影

在鲁迅文学院第四届国际写作计划
开幕式上的致辞

2019 年 3 月 28 日
中国作协副主席、鲁迅文学院院长 / 吉狄马加

尊敬的各位来宾、各位朋友，女士们、先生们：

大家上午好！

在北京3月充满朝气的阳春时节，我们迎来了鲁迅文学院第四届国际写作计划的开幕仪式，在此，我谨代表鲁迅文学院，向大家的到来表示最热烈的欢迎和诚挚的感谢！

国际写作计划项目是中国作家协会对外文学交往的重要项目，也是落实和推动习近平主席"坚持开放包容的共同理念，共同促进世界和平、稳定和繁荣"倡导的重要举措。自2017年启动国际写作计划以来，迄今已成功举办三届，二十多位来自世界各国的小说家、诗人、翻译家汇聚在鲁迅文学院，和中国文学同仁一道，进行文学探讨，深度体验中国的人文风貌。通过交流，中外作家都扩大了人文视野，分享了文学经验，在互学互鉴中进一步夯实了世界各国作家间的友好情谊。

作为中国最重要的培养作家的机构，鲁院的前身是于1950年创办的中央文学研究所，在六十九年的岁月里，众多优秀的中国作家来到鲁院学习、进修。我相信，随着国际写作计划的持续发展，将为中国文学与世界文学的沟通对话搭建更为广泛和有效的平台。

当今世界正面临着百年一遇的大变革，中国也迎来了充满机遇和挑战的新时代。我们相信，在继续扩大对外开放的进程中，本着国家和民族之间的相互理解和沟通，本着和平与相互尊重的基本原则，我们都有责任为人类的美好未来而努力，为构建人类命运共同体做出更大的贡献。

参加第四届国际写作计划的十位作家分别来自五大洲，作为传承友谊和文明的使者，大家因文学而齐聚鲁院，我们对此倍感珍惜，我们更加期待来自不同国家、不同民族和不同文化背景的作家，在这里进行友好的智慧碰撞和思想交锋，一同以文学的笔触描绘美好世界。希望各位外国朋友在中国期间能够收获新的友谊和创作感悟，祝你们心情愉快、身体健康！

预祝本届国际写作计划圆满成功！

谢谢大家！

✏ 徐可主持开幕式

在鲁迅文学院第四届国际写作计划
开幕式上的发言

2019 年 3 月 28 日

兹德拉夫科·伊蒂莫娃（保加利亚）

作家为什么写作？当我思考如何回答这个问题的时候，我想起了远古时代的穴居人在洞穴的墙壁上画画的情景。他们为什么要画？他们饥寒交迫，却留下了那些壁画，为什么？也许是因为他们不得不画，也许是因为他们想以这种方式来教他们的孩子如何狩猎，如何谋生，如何生活。

那么作家为什么写作呢？因为他们非写不可，因为他们相信必须将这个世界和人生的真理揭示给孩子们，这些道理一定要通过他们的书写传递给下一代。

当来自世界各地的作家们聚集在一起时，他们的文字将不仅仅是文字，这些文字将赋予荣誉、尊严和真理以新的意义和纬度。我想，这也是鲁迅文学院开展这一项目的初衷：去寻找一条阳光下通往每一个国家、每一座城市、每一个城镇和乡村的关于体面生活、荣誉和真诚的道路。

我去过很多很棒的城市，比如上海、纽约、巴黎、广州、日内瓦和斯德哥尔摩。我觉得不同地方的人们也有着相似之处：大家都希望在和平的环境中生活；希望自己的亲人、孩子和父母健康快乐；希望孩子们有饭吃，有学上；希望有好朋友、好工作并且一直心情愉快。

我很感激这个项目让我有机会了解当代中国及其人民和作家，并感受他们的生活方式。我想要和你们说说我的国家。在我看来，文学是将人们所熟知的事物以一种容易记忆的方式叙述它，从而让人们喜欢上它，并且愿意继续深入了解它。

当我还是个小女孩的时候，我经常让父亲给我讲童话故事。他大部分时间都很累；因为他是一名电工，每天得工作十个小时。我们的邻居经常让他修理他们的电炉灶、冰箱或吸尘器，因此他陪我的时间并不多。有一天，他拿起一张纸开始写东西。我非常安静地在一旁看着他。

"这是什么，爸爸？"我问道。

"这是保加利亚语，小丫头。"他回答。

"你为什么写这个？"我非常失望地问道，"你答应给我讲一个童话故事，爸爸，而不是写字母。我想要听一个美丽公主的故事。你为什么写这个呢？"

他静静地笑了笑，他的笑容像春日一样散发着温暖。

"因为保加利亚语包含了世界上所有的童话故事，我的小丫头。"他说。因为他以前从未对我撒谎，所以我对此深信不疑。

"那教我保加利亚语吧，爸爸！"我喊道。那时候我才三岁。

当我四岁时，我可以阅读较短的词句，并且可以自己生造出长音节单词的含义。我的母亲是一位数学家和经济学家，她对我的做法很不满。但正是我父亲的温暖笑容鼓励我继续编故事。当我对童话书里某一个词的书写特别感兴趣时，我会创作一个关于它的故事。当我从对话中听到一句我特别喜欢的话时，我会编一个关于说出这句话的男人或者女人的故事。

"你必须成为一个诚实的人。你不应该胡编乱造，"我母亲说，"我们家里不欢迎谎言。"

"这些不是谎言，"我父亲对她说，"她只是给你讲故事，其中一些故事很美好。"

"我的女儿必须成为救死扶伤的医生，"我母亲反对说，"我们努力赚钱供她读书，写故事是没有出路的。"

"这次你错了，"父亲反对道，"故事常常比其他任何东西都更能拯救一个人。"

当我的第一部短篇小说集《与孤独为敌的故事》出版时，我才二十五岁。

我没去学医，没有为化学和生物考试做准备，而是学习了保加利亚语和英语。当我被保加利亚语和英语语言学专业录取时，我感到非常高兴。我母亲非常失望，而我的父亲却很兴奋。他请他所有的朋友喝酒吧里最贵的梅子白兰地——他对于自己唯一的女儿去学习那种可以讲述世界上所有童话故事的保加利亚语感到非常满意。

在我的第一本短篇小说集出版后，他说："我是世界上最幸福的人。现在我知道我的女儿可以听到其他人无法听到的故事。我一直想写，我的丫头，我一直想这样做。但我必须努力工作，你也必须努力工作，只有通过努力工作，帮助人们，你才能学会如何聆听故事，让伤口愈合。记住我教给你的保加利亚语，丫头，用它们创造能使你的读者变得更强更好的故事。"

"胡说！"我母亲说，"学英语，孩子，努力学习，天天学习。如果你的生活中不能没有书籍，那就翻译书籍。这也行得通。你的钱包里有钱，我老了你就可以照顾我。而你的短篇小说集一文不值。它不能为饭桌上挣得更多面包。"

我的短篇小说集获得了一个小小的文学奖，母亲说："我告诉过你，这没什么可炫耀的，如果这些故事很好，你就会赢得大奖，我们就可以买一台大电视机。"

"你的故事很好，我的宝贝，"爸爸说，"它们讲述的是我们生活的村庄和斯图马河。我曾在斯图马河教你游泳。它们会让世界上的人都知道保加利亚有这样一条美丽的河流。"

"谁在乎这条河，"母亲说，"世界上有比斯图马河更壮阔更美丽的河流。"

"是的，"爸爸答应道，"但是我和你在斯图马河相遇了，亲爱的。"

母亲第一次无话可说。

她很高兴我生了儿子。现在，他长大了，成了一名医生。

他喜欢那种能讲述世间所有故事的保加利亚语，但他是我母亲最喜欢的外孙。自从他学会走路和说话以来，母亲就给他灌输医学知识。六年前，当他在德国医药专业毕业时，母亲成为了世界上最开心的女人。她请所有的朋友和亲戚喝梅子白兰地，整个社区都醉了，歌声持续了一周。我的儿子也写短篇小说，每当我母亲发现他写了一篇短篇小说时，她会痛苦地尖叫，然后来找我说："请让他停下来，不要让他变得像你一样。你时时刻刻在写作，简直是浪费生命，不能让他也这样埋没下去。"

"你说错了，"父亲说，"我们的女儿永远不会孤独，因为她有故事为伴。她的生命会比我们长十倍，她的短篇故事能够流传多久，她就能活多久。"

2012年，我的父亲去世了。那时我知道我的母亲是孤独的，她已经习惯了身边有这个爱幻想的男人陪伴。父亲有时没有钱买面包，但他知道鲜花在开花之前对彼此说了什么。他知道所有电灯泡、旧炉灶和厨房里年代久远的橱柜的故事。即便是我的长子，那位在德国毕业的医生也无法帮助我的父亲。爸爸在晚上打电话给我："给我读一篇你写的短篇小说，丫头。"

我照做了，他说："记住，如果一个短篇故事不能让你更强大，如果它不能帮你忍受痛苦，那就失去了创作的意义。"

一天晚上，我母亲说："我给你父亲读了一篇你写的故事。它充满了谎言，是的，它充满了谎言。但它们是善意的谎言，就像圣诞老人一样。我们知道他不存在，但我们喜欢关于他的故事。"

"你说的不对，亲爱的，"我父亲说，"是故事中的真理减轻了所有苦痛。"

当我写一个故事时，我总是想象我的父亲会从某个地方听到它。我很肯定他会寻找包含真理的故事来缓解老朋友的痛苦。

我的家乡佩尔尼克发生了一场大地震。我的大儿子是位医生，他从德国回来做志愿者。我母亲给那些没有食物的幸存者送去了她去年夏天制作的水果罐头。我的女儿帮助清理了废墟。我的丈夫是一名机械制造工程师，他免费为工厂工作了两周，修理那些坏了的机器。我的小儿子是一名软件开发人员，他买了电脑捐赠给我们附近的小学。

镇上的妇女为孩子们募集了衣服、鞋子、毯子和一些书籍，存放在当地学校的健身房里。

第二天晚上，有人破门而入，偷走了所有东西——仔细洗过的旧衣服、擦过的鞋子，以及熨过的毯子，唯一留下的是书。小偷对长篇小说和短篇小说不感兴趣，他们并不关心保加利亚语包含世界上所有童话故事这一事实。他们肯定早就算计好，卖了这些偷来的物品他们就能一夜暴富了。

"你现在明白我坚持要你成为一名医生是正确的，"我母亲说，"没有人关心书籍，大家现在唯一关心的就是填饱肚子。"

我的母亲是一个固执的女人。她并不太关心书籍，但她把自己做饭的炉具送给了一户无家可归的人。

"他们总要活下去，"她说，"而我有你，兹德拉夫科和你的孩子们，你们都在我身边。"

我的女儿、我的女邻居和我打扫了地面，并把当地学校和幼儿园的房间清理干净了。

"你是作家，我不喜欢作家，"我母亲说，"你父亲谈到真理……但就同一件事而言，真理对每个人来说是不一样的。从健身房偷走衣服和鞋子的小偷会说'我很饿，这就是我偷东西的原因'，这也是事实，而你们这些作家并没有看到这一点。我会原谅你成为一名作家只是因为你给我生了外孙，你写故事并不能帮助无家可归的人，重建家园才是他们真正需要的。"

之后，我们发现被所有人遗忘的老爷爷帕维尔在他的一居室公寓里，不能移动。一堵墙倒了，没有人来看他是否还安好。听到微弱的呻吟声时，我们正在清理一座五层的公寓楼。因为屋顶随时可能倒塌，继续在那儿工作是很危险的。但是我们三个女人仍然朝发出声音的方向走去，之前我们以为是一些困在公寓的狗，后来才发现是这位老人。

"我的儿子在西班牙工作，他与家人在一起。"帕维尔爷爷说，"如果他在保加利亚，我不会自己躺在这里，我的儿子很爱我。"

老人瘫痪了。

"你的儿子不在西班牙，"一位女士说，"前几天我还在超市看到了他。"

帕维尔爷爷抽搐了一下。

"什么！"他大口喘气。他的手在颤抖。

这位老人在他的小公寓住了五天，他喝了水，吃了邻居在地震前给他买的干面包。

"别说了，"妈妈对那个女人说，"你看到的不是帕维尔爷爷的儿子，帕维尔爷爷的儿子在西班牙。"

"但是……是他。"女人嚷嚷道。

"别担心，老人家，"我妈妈坚定地说，"我们会照顾你，我会给你换干净的衣服，这些衣服是瓦西尔的，你知道的，瓦西尔是我已故的丈夫。"

"瓦西尔是我的朋友，"帕维尔爷爷说，"我认识他。请和我说说我儿子，他还好吗？"

晚上，我母亲说："也许你父亲是对的，有时语言比医生更能帮助一个人。"

我难以置信地看着她。

"你父亲是对的，斯图马河是世界上最美丽的地方，你知道为什么吗？"

我摇了摇头。

"这是因为我在河岸边遇见了他。"

"小丫头，"父亲曾说，"无论处境多么黑暗，有些文字可以缓解痛苦，你不需要成为一名发现这些文字的作家，你只需要有一颗善良的心。"

我的母亲是一个坚强的女人。我从未听过她的抱怨或啜泣。

那天晚上，她说："丫头，我多么想念你的父亲。"

泪水顺着她的脸颊流下来，但是她用拳头拭去了它。

现在我知道：你可以活一个世纪，你可以在经历洪水和地震后依然存活下来。但对你而言，最重要的是能够说出你的想念——一个教他的朋友识字的普通人，而这种文字能够讲述世间所有故事。

我很感谢北京鲁迅文学院能够让这一篇来自保加利亚的小文成为你们想法的一部分，我希望在我看到了北京，听到了你们的故事后，保加利亚会因此而变得更加富有，因为我会向保加利亚的朋友们讲述你们的故事。这个项目结束后，对我来说，荣誉和尊严将更加丰富和厚重，感谢你们。让我们创作的文字发出更响亮的声音，让北京帮助我们书写出让世界更诚实、更有尊严、更平和、更美丽的作品。

谢谢！

在鲁迅文学院第四届国际写作计划
开幕式上的发言

2019 年 3 月 28 日
鲁迅文学院第三十六届中青年作家高研班 / 翟之悦

各位领导、老师，同学们，各位外国作家朋友：

大家好！

我是鲁迅文学院第三十六届高研班学员翟之悦。首先请允许我代表同学们向在座的各位领导、老师，表达最诚挚的敬意和感谢，感谢你们给我们提供了这么宝贵的机会，以文学为主题，相聚在这座文学圣地。同时我还想代表同学们，对远道而来的诸位外国作家朋友，表示最热烈的欢迎！

众所周知，文学之路是寂寞的，几乎每个作家都是一个"孤胆英雄"。在这里，将军是你，战士也是你，思考是你的战车，文字是你的武器；在这里，没有战场，也没有敌人，更多的是与自己博弈、使自己重生。我很喜欢中国的古典名著《西游记》，师徒四人去"西天取经"的目的各不相同，唐僧为了"道"，猪八戒视"取经"为职业，沙僧为了"身份"，唯有孙大圣是因为乐趣。我常把文学创作比作"西天取经"，而这种"西天取经"的动力，就如同孙大圣那样源自乐趣。可以这么说，文学创作就是我人生的乐趣。它以一种不可思议的力量，给我勇气去消化寂寞，令我得到心灵的慰藉和升华。我与我的作品一起，沉浸在当代中国的职场生存状态中。我想写出当下中国"小人物"的心理状态，以及他们的生存、奋斗、爱恨情仇的纠结等等，并通过小说中的人物同世界对话，力图传递一种正能量的音符。

文学是私人的，也是世界的。

人类有不同的文化，这些不同文化创造了色彩缤纷的世界。我们曾被高山大海所阻隔，被不同语言、风俗所阻隔。文化可以不同，但文明终将走向大同。毕竟，我们所要构建的，正是和谐美丽的命运共同体。而文学，就是连接灵魂和命运的重要力量。

文学的影响力超越时空，跨越国界。文学通过语言，通过意象，通过对人类命运的深刻省察，描绘外部世界，它进驻内心家园，像丘比特的金箭，如月老的红绳，将我们这些不同地域、不同民族、不同语言、不同肤色的作家朋友拉在一起，思考生命，修行灵魂，探讨文学和写作，为构建人类命运共同体贡献力量。我想，这就是今天中外作家朋友欢聚这里的意义。我感到很自豪，也很幸运，因为我是这其中的一员。

在当下，我们要珍惜这次难得的机会，在老师和前辈们的教导下，加强与外国作家朋友的切磋与交流，丰富阅读经验，拓宽写作视野，坚持深入生活、观照现实，崇尚百家争鸣、百花齐放，以"望尽天涯路"的追求和"衣带渐宽终不悔"的精神，创作出更多有筋骨、有道德、有温度的文学作品，更好地向世界传播古老又崭新的中华文化。

最后，祝文学之树常青，愿友谊之桥长存！

谢谢大家！

✎ 中外作家与鲁迅文学院第三十六届中青年作家高研班学员合影

✎ 中外作家与鲁迅文学院第十五期网络文学作家培训班、鲁迅文学院与北京师范大学联办研究生班学员合影

第四届国际写作计划开幕式

暨作品朗诵会

2019 International Writing Program

作品朗诵会篇目

❶ | 诗歌两首 | **为什么我这样的人会在这种鬼天气跑圈？为周四加油；**

         十月之忧 | 马蒂亚斯·波利蒂基（德国）

❷ | 诗歌两首 | **烈火日记；热带鸟** | 马克·特里尼克（澳大利亚）

❸ | 小说节选 | **玛塔·维内利** | 多依娜·茹志缇（罗马尼亚）

❹ | 诗歌 | **作为人类的部件出售** | 切赫·瓦塔（吉布提）

❺ | 小说节选 | **电话** | 中上纪（日本）

❻ | 小说节选 | **符号捕手** | 彼得·西蒙·艾特曼（奥地利）

❼ | 小说节选 | **非凡人生** | 马里亚诺·特恩科里·布兰科（阿根廷）

❽ | 小说节选 | **鱼姑娘** | 谷崎由依（日本）

❾ | 诗歌两首 | **有一天我将死去；我没有工作** | 塔米姆·毛林（智利）

Alfred Matthias Politycki

马蒂亚斯·波利蒂基
| 德国 |

为什么我这样的
人会在这种鬼天
气跑圈？为周
四加油
Poetry

奔跑，奔跑，唯有奔跑
跑过公园，跑过林荫道——
奔跑，奔跑，奔跑，奔跑
像一头野兽……不再驻足！
一路穿过水洼
接受泥浆的洗礼和风的考验
奔跑，直到光影变幻
周围的树木沙沙作响
奔跑，直到不再只有狗
和几个被遗忘的退休者
向你投来惊奇的目光
奔跑，直到你超脱时间之外
什么都感受不到
奔跑，奔跑，直到路边的
棕榈树和仙人掌越变越高
兰花的香气熏得你微醉
你应该——
不，你不能停下喘气
而应该像周二那样
迈着轻盈的步伐跑过
奔跑，奔跑，唯有奔跑
像一头野兽……不再驻足！

十月之忧

剑桥漫步

Poetry

啊，它再次袭来了，
这普世之疑，你的生命
如此没有价值而多余，
无论你将在余生
如何将其处置

然而，我们说，大约四点钟时，
请你抬头片刻

凝望一顶参天树冠，
正如它，摇曳着满身锈红、棕褐、金黄交杂的树叶，
所有的色彩都已几近橙红，
把脊背上深嵌的阳光
到最纤细的枝丫的一切
都为你完美映亮，
在有着青铜色云的蔚蓝天空下，
如此热烈地放射万道金线——

你伫立，对这盛大的美丽
你从未曾预期

于是再次突然降临
一种确信，你的生命

Mark Tredinnick

马克·特里尼克
|澳大利亚|

烈火日记

Poetry

烈火洗礼沉睡的群山，他在废墟中醒来。

工作台上

灰飞烟灭；六层楼高的书柜土崩瓦解，

成为水泥地上的一堆，其间摊开着诗歌

破碎的肢体，流淌着

参考书词汇的灵魂。而他，是浩劫后的火场。

他觉得，大自然有狂躁抑郁精神病，随年龄增长恶化。她有时

狂躁，高热四十多度

赤身裸奔，燃烧着各种念头，掠过

山麓。接下来，她落落寡欢，从长发下注视着

自己造成的残局

不知如何是好。一连几天泪如雨下。

试想，一个人是否可能像森林一样哀悼？像现在只剩

铁皮屋顶的房子？

因为这就是他在这乌青早晨的心情，虽然他还

不配悲伤。他只是倦怠风险——美的

阴暗面。烈火是我们

所有人的疯狂。有了它，定期地，他将所有的梦想和安全

付之一炬，重新开始。当未来降临，如果她终于降临，

他知道，她会说

一种崭新的语言，其中意味爱的一个词是火，

另一个词是雨，而他将默然沉睡于两者之间的黑色领域。

热带鸟

Poetry

我们一起坐在石头上。下方的森林
在雨后蒸腾，我知道这就是你心目中的
天堂。这样的地方，你对我说，
你或者离开，或者永不离开。
而当我爬下陡坡进入低处
洪荒的树林，一只热带鸟
从树冠上落下，她的双翅掠过我的脸颊
仿佛夜晚云层中的电光，只是
更凉。而她的尾羽，比雨更软，在她飘落时，
比爱更长，仿佛华美的演出
离别绵长的诱惑里，最初缓慢的动作。

Cornelia-Doina Rusti

多依娜·茹志缇
|罗马尼亚|

玛塔·维内利
（小说节选）

Fiction

人们围了上来。伊斯梅尔感到他们似乎在期待着什么，便伸出一根戴着手套的手指，掰开我的嘴。他满意地看向四周："啊哈！你是昨天晚上那个。丑女多作怪！看看，这简直是头母猪！"

周围的阵阵笑声让他更加得意。我从未被这样诋毁过，伤害过。皮质手套还按着我的嘴，围观的人们纷纷表示赞同。

我本可以潜入地下，不再回来。但这份屈辱让我清醒。在我所有的拥护者中，鲁利安大师的脸最为明亮清晰，提示我他传授给我的知识。我振作起来，用尽全身的力气喊叫。声音从腹底挤上来，从饥饿的胃肠中放出："伊斯梅尔·比那·埃梅尼！"

当你在疯狂嚷嚷的人群中想叫住某人的时候，唯一的准则是：全心相信你是唯一一个在说话的人。于是，词句不假思索地倾泻而出。瞬间过后，我用更高的声调重复他的名字，好让他听见。我没什么要对他说的，只是想让他看着我，让他看着我的牙齿。因为尽管他掰开了我的嘴，他的目光依旧扫视着人群。与此同时，一个声音在院中回荡：

伊斯梅尔·比那走在去维丁的路边

对预言者充耳不闻，罪恶滔天

卖掉长衫，只为换来一壶酒

醉倒在旁，如家畜般丑陋

在所有人当中

只有伊斯梅尔·比那有张屁股脸！

人群窸窸窣窣，接着爆出一阵大笑。许多人都知道这首歌。一个男孩的歌声响彻街头，有人立刻加入，歌声像扬琴的琴弦一样掠过马车。

一丝不悦爬上伊斯梅尔·比那的脸。他看着我的牙齿，不知道该说什么。人群越聚越近，让他警惕起来。烟气从他的长烟斗中直接吹进我的眼睛，痒得难受。我冷酷地咧嘴笑着，对马克西玛的建议充耳不闻。这个土耳其人开始胡言乱语，因为没有人在看过我的牙齿之后还能正经说话。有的人弄混句子，有的人忘了自己要说什么，最惊慌的人嘴里蹦出不属于任何语言的词语。在他语塞之时，我后面传来一声叫喊，侍从松开了手。一部分人推推搡搡地试图挤过来。我抓住机会，确信自己不会再见到他，将粉末熟练地抖进比那的烟斗。火花四溅，人群冲撞，我趁此径直跑向一驾正往桥上轻快驶去的马车。

Poetry

Chehem Mohamed Watta

切赫·瓦塔

|吉布提|

作为人类的
部件出售

Poetry

上帝　我来了
我是非洲
充斥着你误导的预言

没有骄傲　没有行迹
它的习惯和海洋
它的人民和他们的思想

还有他们亲爱的陌生的土地

在利比亚的街头
玫瑰哽咽的哭声
沉默强制的话语
我听见新格雷岛上
非洲人惊恐的声音
在那欧洲的门户
他们被卖为奴

上帝　这就是你的非洲
多么丑陋　多么腐朽

美从恐怖中来
源于被绞杀的革命

寂静出卖她的孩子
她的泉水沿臂膀而流

在如今夜般漆黑的日子里
在她奴隶的舞蹈里

毫无反抗与尊严
她吐出这个没有韵脚的新世纪

昨天的这一时刻
时间停止预示未来

在地中海的墓地
欧洲将那些死尸掩埋

死于民主的温床

墓穴里
鱼在笑

水手的鱼
蜜蜂在嗡嗡叫

冷漠的制造品
用它温柔的手

珊瑚粉红的花

空气干净而澄澈

上帝　她来了
没有新年
你广袤的非洲

她的子宫里拍卖着
她高大强壮的孩子

换来七百利比亚蒂纳尔
却未激起一丝颤抖

无论是苏尔神圣的恶魔还
是他们凶神恶煞的侍从或
是她欢庆的资本

仍有人在那里高喊
增速百分之七的非洲万岁

Nakagami Nori

中上纪

| 日本 |

电 话
（小说节选）

Fiction

在那几秒、几十秒的时间里，我一直在找话接茬，却找不到哪个能接得上茬的。总的来说，父亲说他为了跟别人结婚，就要跟母亲离婚，而且，他还用母亲娘家的姓来称呼她，简直就像称呼一个陌生人。一种不祥的预感在我心底生出了一股凉意。我拼命地回忆母亲的样子，却怎么也想不起来。不知为何，浮现在我脑海里的是母亲年轻时的一张照片，当时她还叫寺口理绘子。这事儿绝对不能告诉母亲，我心里想。与此同时，一个尖嗓门在我心里大声嚷嚷起来——没错，那就是母亲的声音。

"有本事你就离啊！你离啊！找小三？这又不是头一回了！我什么都知道。你以为你瞒得了我？就你那点丑事，哪样瞒得了我？就这样你还敢提离婚？你可真够不要脸的！想跟那个女的结婚？哼，想得倒美啊，你！这肯定是个骗子！还有女的会好你这口？那可真是少见。要不，就是来图你钱。那就更是没眼力了。要不我跟她说说，你这人平时满嘴跑火车，实际上连孩子零花钱都能给卷走！你就别装了，赶紧露出真面目吧！我跟她说说，没人催，你都可以一礼拜不洗澡。结婚前住的房子，那叫一个脏，连小偷都躲着走。带女人回来呢，人家一看这房间，全都光着脚丫（没来得及穿鞋）直接往外逃啊。啊，真是越说越没劲儿，我咋就那么傻呢。算了算了，你这话我就当没听见。你想玩就玩，随你便，谈恋爱过家家，爱怎么玩就怎么玩。但你别叫我来给你擦屁股。我才不管你这烂摊子。这你是最清楚的了！"

终于，从我嘴里蹦出来一句异常冷静的话，隔着话筒传到父亲耳朵里："那是您自个儿的事儿，爸，您自个儿做主。"要在平时，肯定要招来一顿臭骂。但这次父亲没说话，他温顺的态度让我恼火，于是，我又加了一句："不管怎样，妈妈还是我们的妈妈，这是永远都不会变的。"我这话里还有另一层意思，我一辈子都不会叫那个女的一声妈。我们的对话没有再继续下去，父亲说了一句："是啊，那是当然的。"就挂了电话，听上去犹犹豫豫、含含糊糊，心里好像有点动摇似的。

Peter Simon Altmann

彼得·西蒙·艾特曼
|奥地利|

_____

符号捕手
（小说节选）

Fiction

傍晚时分，我缓步走过瓦因豪斯神甫教堂的时候，它的右手那扇高高窄窄的大门敞开着。我感觉到了要走进去的愿望，但同时又伴随着强烈的抵触情绪，然而这一次，愿望战胜了抵触情绪。

我迈入教堂前厅时，高处有两个射灯自动开启。紧接着，空无人迹的教堂又没入一片漆黑。只有远处的神龛闪烁着些许金色，还有我左右两边管风琴楼厢下面的祭坛里有几只蜡烛在燃烧。我沾了圣水画过十字，习惯性地通过关闭的栅栏向前方看过去。然后，又朝着左边那个摆着大理石台和木质饰板的高大祭坛走过去，因为我不知道我该做些什么。这种哥特式作品的表现方式在黑暗里几乎无可辨识。因为我此前曾来过这里，所以我就给捐献箱里投了一个硬币，用正在燃烧的蜡烛点燃了一只蜡烛。我就像祈祷时那样伫立，但是，伴随着闪动烛光的不是祷告，也不是祈求，而只有那种所谓的生命的忧伤。过了不到一分钟，又有一个比我年轻的男性拜访者走了进来，也站在了祭坛前。他点燃了蜡烛，双手合十。

我并不想在他祷告的时候盯着他看，就离开了教堂。中国有关"看"的汉字是一个有着双腿的眼睛，一个奔跑着的眼睛，一个行走着的眼睛"见"。我的眼睛"跌跌撞撞地"沿着根茨大街前行了几米，沿着一家饭馆的石阶向下看去。直接从人行道边就可以看到那个地下室，那里以前是出售供暖油料和焦炭的地方。出现在我眼前的情景，怎么看都离奇古怪。一个身着风帽夹衣，头戴运动便帽的男人正坐在打开着的电视机前，双腿架在桌子上。他的这个姿势首先就是奇怪的。此刻此人，就像是电影中所常见的那样，一个人走进来问这里发生了什么事情，僵局立刻打破，坐着的那个家伙如同受到致命一击，轰然倒地。在那个仍然一动不动的人四周，散落着盛着焦炭的口袋和装油的桶桶罐罐。没有擦洗的砖墙是黑黝黝的。整个这一情景，这个身穿彩色的可笑服装，坐在烟熏火燎的黑房子里的男人，活像那部滑稽惊险片《心人》里的片断，后来一直影响着我。

Mariano Tenconi Blanco

马里亚诺·特恩科里·布兰科
| 阿根廷 |

非凡人生
（小说节选）

Fiction

22

布兰卡：妈妈像被一根线悬着。我在她身边，脑袋里净是些没用的东西。不过我很高兴能帮上她的忙。她变得非常瘦。我在淋浴间里放了张小板凳，这样便可以用海绵轻轻地给她擦背了。她从不抱怨任何事。她让我慢慢地给她洗澡，帮她洗头，替她擦干身子。好吧，她对食物是会抱怨一两句。她不情愿地咽下我做的饭，剩下一半医院的病号餐，因为她说："没有味道。"不过她说得没错，我尝过，的确没味道。

真让人难过，也许是我在努力寻找它的光明面，也许它没有光明面。只是有时候我觉得自己把某些东西还给了她，不知道是什么，某些东西。突然照顾她，帮她洗澡，喂她吃饭。然后循环结束了，生命，生命的智慧。这是件悲伤的事，但就是这样，生活就是这样。你生了个宝宝，你照顾他，虽然你知道宝宝最后会长大成人，而你会变成一个老妇人，那时宝宝会照顾你，无论如何都不会抛弃你。真美，那很美。忠诚将母亲和女儿联系在一起，我就是如此。说不定我也想要个女儿，要是母亲没机会认识她我会很难过。一定很难过。但那就是人生，生命在不断循环。我会陪伴着母亲，直到上帝把她带走。思考死亡让我难过。面对某人的死亡，某人自己的死亡，我的死亡，让我难过。因为你知道，悲伤的时刻的确存在，但我无法理解消亡也必须存在。一个人经历的、学会的一切，积累的所有经验，他个人的经历，情感的体验，比如爱人、朋友，是否都会逝去？怎么都能逝去？那会是多么多么地悲伤。一切都已消失，都会死去，我无法理解。我希望世上有灵魂，也有天堂，这样我们便会在那里重逢。嗨，你好吗？啊，你也在这儿呢，你好，嗨。与每个人重聚。奥罗拉的父亲，我的母亲，每个人。所有爱着对方的人们再次团聚，像一场不可思议的生日聚会。我希望那便是天堂的模样。

Nonaka Yui

谷崎由依

| 日本 |

F i c t i o n

鱼姑娘

（小说节选）

仅有一盏白炽灯在房间里亮着，窗帘完全拉开着，她伸展着四肢躺在床上，看着窗外蓝蓝的天空逐渐变得暗淡。这正是房间内外的景象。但是当房间内外的光和影趋于平衡时，以窗户玻璃分割开的房间内外界限也不复存在。湛蓝的天空逐渐变成靛蓝，当天空的蓝消失时，形单影只的白炽灯把房间照得比室外还亮。这就是我们常说的夜幕降临。

正常来讲，萨瓦卡这个时候会将窗帘拉起来，但是今天却没有。她依旧躺着，盯着窗户看。窗户逐渐变成了一面镜子，房间里的一切都折射在了里面。她专心致志地盯着窗户里的房间看。

它像一个酒店的客房。

胡祖密曾经说过：萨瓦卡的房间总是干干净净的，一点也不像有人住过。

一扇朝东的窗户，沿窗摆着一张同样尺寸的床。一个单独摆放的书架和一张独自存在的矮桌。房间里的装饰没有什么与众不同的地方。但是现在床单被弄到了一旁，她穿过的衣服也散落在地板上。由于她前天就已经结束工作回家，所以身上穿的并没有她在外面的时候那么多了。房间里看起来乱糟糟的。桌上的书杂乱无章地堆砌着。

我总是在他到来之前将房间收拾得干干净净，她想。

萨瓦卡关掉了床头灯，闭上了眼。灯光依旧在她的眼皮底下晃动。她依稀记得她在孩童时期做过的一个有关水族馆的梦。

他们抬头望着鱼群在围绕着他们头顶转圈圈。她是被她父母带到水族馆的，里面的水箱大到能塞进一座房子。她望着这些水箱，双腿开始发抖。在那些梦里，萨瓦卡还是一个小女孩；她哭着回了家。但是无论她是往回走还是向前走，这些水箱始终围绕着她。鱼群睁着眼睛，张开大口，在水流里浮动。

它们看起来就像死了一样，她想着。它们就像装着死者灵魂的大水箱一样，抑或是远古时代遗留下来的某种东西。或许是因为她刚好想到曾经有人告诉她说：人是从鱼演化过来的，鱼是我们的祖先。在那之后，每当她发烧，她都会被有关水族馆的梦魇缠绕着。睡得迷迷糊糊的萨瓦卡感觉自己身体周围浮动着蝠鲼、鲸鲨和细长冷漠的鱼鳔。深海里的水挤压着她的身体。它们缓慢的演化就像命运的车轮，她想，尽管她对命运也一无所知。

Tamym Eduardo Maulen Munoz

塔米姆·毛林

|智利|

有一天我将死去

Poetry

兄弟，有一天我将死去。
你知道我们是一样的。
爷爷，当我死的时候，
请你把我忘记，爱人。
爸爸，我只求你一件事：
请跟你的妹妹相依为命一起长大。
儿子，你要记得，倾听她，爱她。
因为我们曾经四目相对，也伤害过对方，
还甚至翻云覆雨三百遍。
你是从未理解过我的父亲，
儿子，请不要哭泣，
你的伤痛就是我的。

我没有工作

Poetry

我的工作是每晚出门，
然后喝得烂醉回家。
成为父母的生活中，
一个大大的问号。
我的工作是每天睡过正午，
把剩下的午饭当早饭。
躲在院子的角落里，
问自己怎么可能，
有惠特曼这种人存在。
我的工作是午睡，
我的工作是盯着天花板，
我的工作是为乱长的植物祈福，
我的工作是在大学旷课。
与死去的人对话，
死去但活在书中的人，
书有时已不再是书。
我的工作是宣布"我没有工作"，
除非有一天我死去。
砰！烟花四散。
我知道自己的生命不过是一场欺骗。
但这场欺骗，
女士们，先生们，
是我本人自导自演。

中外作家第一次研讨会
作家的主体建构：
视 野 与 想 象

International Writing Program

作家的主体建构：
视 野 与 想 象
中外作家交流研讨会
2019 International Writing Program

时　间 – 2019 年 4 月 1 日（下午）
地　点 – 鲁迅文学院八里庄校区
主持人 – 徐　可（鲁迅文学院副院长）

中方出席嘉宾

吉狄马加	中国作家协会副主席、鲁迅文学院院长
徐 坤	《小说选刊》主编、作家
李少君	《诗刊》主编、诗人
高 兴	《世界文学》主编
李云雷	《文艺报》新闻部主任
黄少政	英美文学翻译家、学者

外方出席嘉宾

切赫·瓦塔 *Chehem Mohamed Watta* ｜吉布提｜诗人、小说家

多依娜·茹志缇 *Cornelia-Doina Rusti* ｜罗马尼亚｜小说家、编剧

马里亚诺·特恩科里·布兰科 *Mariano Tenconi Blanco* ｜阿根廷｜作家、剧作家、戏剧导演

马克·特里尼克 *Mark Tredinnick* ｜澳大利亚｜诗人、散文家和写作教师

马蒂亚斯·波利蒂基 *Alfred Matthias Politycki* ｜德国｜小说家、散文家、诗人

中上纪 *Nakagami Nori* ｜日本｜小说家

彼得·西蒙·艾特曼 *Peter Simon Altmann* ｜奥地利｜戏剧家、电影导演、小说家、散文家、词作者

塔米姆·毛林 *Tamym Eduardo Maulen Munoz* ｜智利｜诗人

谷崎由依 *Nonaka Yui* ｜日本｜小说家、翻译家

兹德拉夫科·伊蒂莫娃 *Zdravka Vassileva Evtimova-Gueorguieva* ｜保加利亚｜小说家、翻译家

中外作家第一次研讨会
作家的主体建构：视野与想象

时　间：2019 年 4 月 1 日（下午）
地　点：鲁迅文学院八里庄校区
主持人：徐　可（鲁迅文学院副院长）

徐 可

鲁迅文学院副院长

徐可 > 大家下午好！今天的研讨会由我来主持，我是鲁迅文学院副院长徐可。我们在开幕式时已经见过面，大家都比较熟悉了。

下面我来介绍一下今天出席会议的中外嘉宾。

中方出席嘉宾有：中国作家协会副主席、鲁迅文学院院长吉狄马加，《小说选刊》主编、作家徐坤，《诗刊》主编、诗人李少君，《世界文学》主编高兴，《文艺报》新闻部主任、青年批评家李云雷，英美文学翻译家、学者黄少政。

接下来介绍外方出席嘉宾，他们分别是：吉布提诗人、小说家切赫·瓦塔；罗马尼亚小说家、编剧多依娜·茹志缇；阿根廷作家、剧作家、戏剧导演马里亚诺·特恩科里·布兰科；澳大利亚诗人、散文家和写作教师马克·特里尼克；德国小说家、散文家、诗人马蒂亚斯·波利蒂基；日本小说家中上纪；奥地利戏剧家、电影导演、小说家、散文家、词作者彼得·西蒙·艾特曼；智利诗人塔米姆·毛林；日本小说家、翻译家谷崎由依；保加利亚小说家、翻译家兹德拉夫科·伊蒂莫娃。

让我们以热烈的掌声欢迎大家，感谢大家出席今天的研讨会。

今天研讨会的主题是"作家的主体建构：视野与想象"。首先有请中国作家协会副主席、鲁迅文学院院长吉狄马加先生致欢迎辞，大家欢迎！

吉狄马加 > 欢迎诸位来到鲁迅文学院，参加本届国际写作计划的第一次作家交流活动。我们的国际写作计划有一个很大的特点：在这一个多月的时间，我们会安排中国当代的小说家、诗人、批评家、重要刊物的负责人与我们力邀的外国作家、诗人进行交流。这个交流

吉狄马加

中国作家协会副主席
鲁迅文学院院长

当然是广泛的，我们可以设计一些大家感兴趣的议题进行交流，大家可以在这些议题中，谈一些自己的想法。我们今天之所以邀请诸位中国作家、诗人、批评家和重要刊物的负责人来参加研讨会，也是基于这样的考虑，希望诸位能够在文学创作方面展开更为广泛的讨论。

今天我们的主题是"作家的主体建构：视野与想象"，这是鲁迅文学院的同事设计的主题。大家可以根据这个主题，表达各自的想法。在我看来，"作家的主体建构：视野与想象"表达了这些意思：首先，作家、诗人作为创作的主体，在今天的世界写作中，需要有更广阔的视野。每个作家或诗人的写作都是不一样的，每个人的写作都和他们生命体验有着直接的关系，但对于当今广泛的国际交流来说，每个写作者实际上都是在面向世界文学进行阅读和写作。当然，随着全球的信息化、交通与资讯的改变，空间和时间都发生了很大的变化。对于作家今天的写作来说，除了个体的生命经验之外，很多事物也可能成为他们需要关注的现实，比如我们的生存空间，比如我们的地球。

至于想象，可以说没有想象就没有文学，想象对于文学来说是最重要的支撑。当然，每个作家对想象的理解是不一样的。作家在处理写作与现实之间关系的时候，想象发挥着非常重要和智慧的作用。

回到现实的层面，我们会发现，在座的诸位坐在这个地方交流，本身就说明文学还是要消除很多墙壁。我觉得这个世界上有很多阻挡我们交流的墙，无论是现实层面的障碍，还是更高的精神层面的障碍，都应该被消除——对于国际写作计划而言，我们也有着同样的想法。希望在座的来自世界各地的朋友，在这一个多月里，能够对中国文学有比较深入的了解。

今天的交流之后，外国作家们将于4月6日出发参加一项活动，一项从群山到平原的国际文学之旅的活动。我们第一站会去大凉山，那里是中国最大的彝族聚集区，过去它还是一个相对封闭的地方，一直保留着原生的文化。我们会在那里举办一个论坛；另外，我们还会在彝族的复兴地带——海拔接近三千米的地方欣赏当地民族非物质文化遗产的表演和展示。那个时候，当地的一些歌手、原始音乐的演奏者以及母语诗人会和我们见面。然后我们还会坐飞机从凉山的首府西昌去四川一个很重要的城市——泸州市，这个地方是一个重要的中国名酒的生产基地。在那个地方，我们去了解、感受当地古老的文化和历史。古代的时候，一些重要的诗人在那个地方游历过。泸州的活动结束以后，我们会到成都，成都是西部最大的中心城市，也可以说是一个多元文化并存的城市。中国伟大诗人李白、杜甫都在那个城市居住、游历过，留下了很多伟大的诗篇和文化遗产。我们在成都还会安排参观杜甫草堂，杜甫在那个地方生活了五年左右，留下了大量的诗篇。可以说，他一生中经典的作品很多是在那儿写出来的。我们还会和成都一些重要的小说家、诗人、批评家进行交流。同时，还会参观成都的城市建设，那里有很多古老的街道，这些街道已经被保护起来；在现代化的过程中，成都在处理商业，同时保护文化方面，做得很出色。现在这个城市在中国的排名上仅次于北京、上海，紧接着就是深圳等几个大城市。但最重要的是要让大家感受它的文化保护，这个城市在发展过程中非常注意精神文化建设，它的文化遗迹保护，包括博物馆、图书馆的建设，在中国也是非常突出的。

我之所以把近期的活动向大家介绍，实际上是想告诉大家，我们需要扩大自身的视野，也需要了解不同的国家，然后真正深入地走进这些国家的文化和历史。

下面的时间还是留给诸位，很多人都准备了很精彩的发言，我也洗耳恭听。谢谢！

徐可 ＞ 感谢吉狄马加院长！吉狄马加院长刚才在热情的欢迎辞中，把我们今天下午研讨会的主题，这次国际写作计划的主旨，以及接下来的主要活动都做了一个介绍。我相信今天的研讨会上，各位的发言肯定会非常精彩，我们的活动肯定也会非常精彩。

现在我们进入研讨会的环节。今天的主题是"作家的主体建构：视野与想象"，正如吉狄马加院长讲的那样，我们可以围绕这个主题来谈，也可以结合自己的创作和评论实践来谈。我们有三位外国作家已经准备好了发言，首先，请出这三位作家来进行主题发言，然后我们进行交流。

首先我想邀请一位女士，罗马尼亚小说家多依娜·茹志缇女士先发言，大家欢迎！

多依娜·茹志缇 > 建构作家身份：愿景与想象

作家的身份建构有两个传统来源：作家的个性和他接受的族群教育。舍此而外，你不可能成为没有族群归属和缺少个性的作家，人为构造一种身份不是真实的，不会产生基于族群归属和个性的移情作用。寻求这种身份，"功夫"仍然在文学之外。

我的灵感来源于生活，尤其是我的生活。但我也在书中寻找主题。我爱好历史。我收集了一些手稿、文件、旧报纸。某一日，我随手捡起一本旧手稿，读到一个法国人，一个外交官，在布加勒斯特失踪了。我好奇他会出什么事，寻找有关资料时，又发现了另一份关于一位神奇厨师的文件。那个法国人和厨师是有联系的。所以，我写了一本关于这两个人的小说，名为《危险菜肴之书》，本质上还是虚构。但在这部小说中也有我的生活。主人公和叙述者是一个孤儿，就像我一样。传记和自传体信息是非常重要的。小说家必须写他们最了解的东西。在这部小说中，我所有的人物都是根据真实的人物塑造的。

多依娜·茹志缇

Cornelia-Doina Rusti
罗马尼亚小说家
编剧

教育也很重要。就我个人而言，我必须说，我打过古典学问的底子，因为学过拉丁语和古希腊文这两门课，我对修辞用法特别用心，进而获取了语言研究的乐趣。我喜欢书面语，不喜欢说话。但是口语在现代小说中非常重要，因为口语体而不是书面语，最容易传播。因为这个原因，我的角色说话虽简单，但是叙述者动用我所有的词汇资源。罗马尼亚语是我的写作工具。文学题材的流传，口语化的语言给予写作一种基调，作家一种独特的标记。

作家身份的一个重要组成部分，也是你写作所采用的想象力类型。就我而言，如果我写一个故事，我必须喜欢这个故事。我爱我的角色，我需要感受笔下的故事动人之处。但我不知道结果会怎样。有时候，我的情感会感染读者，但也有一些情况下，我的话并不能引起共鸣。故事要可信，作家笔端要有温情。这种温情是无法模仿的。准乎此，我所写的一切其实由来有自：不外我的个性和我的所受过的教育的结果，也来自我的生活和我的阅读。当然流行的说法或神话也另有归因。例如，中国有一个关于雷神的神话，雷公，一个蓝色的小神。他很残忍但很善良。一次，有个人，一个普通人把雷公关在了笼子里。这个故事到此为止还是正常、可信的。继续往下，但是这个人想吃掉雷公！这还不是全部！他有一个精确的计划：他想烹饪一道特定的菜——炖菜——然后他去买配料。对我来说，这个细节非常有趣，因为它符合我作为幽默作家的身份，我的文学观。这是个构成史诗的元素，连接着神秘世界和世俗生活。这时，虚构开始了。我服膺亚里士多德诗学，我相信小说基于现实，并对现实进行扭曲夸张。小说既是现实，也是超级现实。

任何小说都离不开隐喻和虚构。这位作家塑造了超现实的人物。但在任何虚构作品的背后，都有一种打上种族纽带色彩的想象。对我产生过重要影响的一个作家叫米歇尔·福尔科（Michel Folco），这位法国作家尤其以小说《只有上帝和我们》(*Only God and Us*) 或电影《上帝的私生子》(*The Basteard of God*) 而闻名于世。福尔科向我们展示了如何将复杂的文化浓缩到一个非常简单的故事中的特技。他讲述了一个刽子手王朝的故事，但每一页都在讲述法国的文化。作者谨慎地与拉伯雷神父交谈。

我的小说《佐格鲁》受惠福尔科的写作，也是从一个普遍的主题开始。佐格鲁名为神祇，但和凡人一样寻找爱情，他的爱情故事进入了罗马尼亚特定的历史，如何塑造他的态度和心理，则和我受过的罗马尼亚族群教育有关。

今天来到中国，我不妨开宗明义，我认为表达一个作家身份最直接的方式是文学人物的塑造。我们可以采用叙事学的方法，如倒叙，或荷马史诗式的大开大合，乃至细节刻画，但最重要的是要爱你的角色。首要的第一条规则是：作者必须与他的角色有很强的联系。就我而言，很长一段时间，几周或几个月，我都魂不守舍，和我笔下的人物形影不离。整个故事围绕着他展开。我在脑子里不断刻画他的形象，他的处所，他周围的风景，我的日常行为都受到了影响。我甚至进食都在模拟我的主人公，说话也酷似他，某些服装细节也来自我的着衣习惯。有时候，我对笔下的主人公思虑过度，以至于我厌倦了，再也写不下去了。套用福楼拜的话说，这些人物是作家的"面孔"，是他视觉的使者。

我不喜欢刻画纯粹消极的人物。在我的小说中，我所有的角色或好或坏。他们都是我个性的一部分，他们甚至和我说话完全一样，但在特定的情况下，他们会显示差异。有些是神仙，有些是女巫，有些是鬼魂。但任何角色都有人性。我的小说《危险菜肴之书》的主人公 Cat o 'Friday 就是一个出生在18世纪巫师家庭的女孩。她寻找一本神奇的食谱书，但她不相信这本书那么神乎其神。和我一样，她是个多疑的人，她什么都怀疑。刻画这个角色，有些东西来自我的青春回忆。

所有这一切都是作家身份建构的一部分，决定了他的建构的走向。一个作家之所以是个作家，离不开这种种建构的细节。除此之外，还有通过促销创造的形象，后一种形象广告营销出力甚多，也因此往往远离作者真实的"面貌"。

（黄少政 译）

徐可 > 感谢多依娜·茹志缇女士的精彩发言，她刚才讲到作家的身份建构和寻求这种身份的问题，可能会使大家一下子就会想到宋代大诗人陆游的那句诗："汝果欲学诗，功夫在诗外。"确实如出一辙。多依娜·茹志缇女士谈到的是创作与生活和现实之间的关系，我理解她的观点或许可以这么概括：作家对生活的了解、观察和思考，可能远远比他在词句、修辞、做文章方面的思考要重要得多。谢谢！

下面我们有请来自澳大利亚的作家马克·特里尼克发言。大家欢迎！

马克·特里尼克 ＞ 建构作家身份：愿景与想象

马克·特里尼克

Mark Tredinnick

澳大利亚诗人
散文家
写作教师

"我是个无名之辈；你是谁？"作家就像我们中的任何一个人一样，是个寻常之辈。

"我是个无名之辈；你是谁？"你也是——无名之辈——吗？

——艾米莉·狄金森，第260首诗

身份似乎已经成了一件衣服，用来遮盖着赤裸的自我。既然如此，最好还是宽衣敞履，类似沙漠居民的长袍，一个人的赤裸总能被感觉到，有时还能被辨别出来。这种对赤裸的信任，使人乐于宽衣敞履轻松释怀。

——詹姆斯·鲍德温

1

北京鲁迅文学院（八里庄校区）前门附近的两棵梧桐树刚刚发出新叶。我打问一位在这里学习的年轻女士如何称呼这些树时，她告诉这就是中国人所说的"白杨树"。今天早晨，一群蓝翅喜鹊

在树上嬉戏，它们的翅膀是早春天空的近亲。我知道这种树就是东方悬铃木树，我查询百度，很快就显示了这个结果。中国东北特有树种。但我认识这种树有年头了。这是一种四处旅行的树，遍植世界各地。我的故土的城镇和城市的街道两旁植的也是这种树，我们澳洲人称它们为伦敦梧桐树。我猜它们是追随马可·波罗来到西方的，后来寻路来到了英国(那是在英国退欧之前）。

我想知道这些树是否知道它们在北京不叫伦敦梧桐树。我也纳闷它们是否知道它们其实伴随我长大成人的。我还有一点好奇，它们是否知道它们不是西方梧桐树，通常被称为西卡莫槭树，而伴随我长大的树就是西卡莫槭树。尽管如此，这两棵梧桐树在北京应该以白杨树自居。所以，作家和白杨树纷繁的名称一样，不管别人怎么称呼我们，我们就是我们。一个人的西方就是另一个人的东方。它们是什么，这些树如何在世界各地生长——它们就这样了，爱谁谁，它们始终就是它们自己。这就是白杨树教给我们的东西。除了美和坚守，文学本质上就是一种开放性的蔓生滋长。

2

我想说的是，一个人是谁，在任何意义上都无法被某个原因、性别、某种意识形态、理论乃至某一部落派别所界定，或包含，或捕获。在我们每个人身上都有某种不可化约的东西——我们来到世间，每个人既是独一无二的个体，也同样属于人类。每一个都是人类的独特实例。自我比身份更深刻。

我认为，正是自我有自己的生命，文学才有了准绳和海图。我认为一个作家只能描摹自我，引出文学意义的对话，探究人生的目的何在，以及如何过得有尊严，回顾过往，面对现实，正视权力的威严，就能实现救赎，较好地表现人类生活——前提是：作家能够勇敢不羁地写作，摆脱除开爱、自然环境和语言之外的一切束缚。

文学能够展现作者的自我。要做到这一点，自我必须赢得自由。

3

作家很可能是弱势群体、破碎的、美丽的以及神秘事物以及他那些该死的亲人们的代言人。作者应该写出那些浑浑噩噩、赤身露体、遭受困惑的人们的尊严，哪怕是有缺欠的尊严，这些人充斥我们诸般哀愁的日常生活的舞台。

但作家最好不要——除非别无选择——加入教堂、俱乐部、教派或事业；也不去兜售什么救世大计。文学就是灵魂的话语，是存在的语言，而这种语言，就像爱情本身一样，在囚禁中必然夭折。不管多么好的囚笼。

一般意义上我并不反对身份；身份有很多拥护者。我只想为自我一辩。

4

文学的作用之一就是把语言从写作中解放出来。罗伯特·布林赫斯特如是说。文学之所以为文学，就是为了保存语言中属于全人类某种神秘的东西。商业、信仰、理论、意识形态和政治的论述往往把所有的声音、地点、结构、性别和音乐都从转录下来的话语中剥离出来。如果我们想让它像文学一样，捕捉人类生活的感觉，捕捉现实世界的内心悸动，捕捉有灵性智慧的乐章，我们就需要那些作品——那些描写哺乳动物特有的性情的作品，那些在地的诗歌。因此，作家只能忠实于自己那深不可测的自我。

把语言从陈词滥调中解放出来，文学也解放了我们；文学让读者至少在思想和精神上保持自由。文学告诉读者，就按故事中的人物那样去生活，这些诗歌，这些句子并不是空洞的：每个短语都是鲜活生动的，用自己的双手创造每一天，拒绝沉闷，和所有冒犯地球之美的人作斗争。绝不伤害他人，尤其是不能伤害语言，和你的对方。

5

我很幸运。如果我很难自由地说话和写作，这只是因为我想安居的地方，生活费用腾贵。一个人必须做很多事情才能活下去，而这一切都只好冷落诗歌。我们在澳洲不用接受审查；我们只是被忽视了。没人愿意听我们絮叨，但也没人会因为我说出什么而要我的命。我的国家对文学漠不关心，对它的魔力一无所知，但我不会因为创作而受到折磨或唾弃。

我是一个白人，生活在一个白人的世界里，白人的母语是世界的通用语言。我可能并不富有，但我或多或少是自由的，写作让我能环游世界。最近，我不得不像我们所有人一样，经历一些悲伤、损失和破坏。但是，我仍然是一个幸运的人。对我来说，不需要为自己的身份而受罪，并要求自己在写作时超越自己的身份。

但詹姆斯·鲍德温的一番见道之言迫使我们深思。鲍德温笔下的美国，对于一个黑人来说，率性过一种智性生活，谈何容易。鲍德温不仅要为写作而奋斗，还要为生活而奋斗。鲍德温这位小说家，黑人，一个来自哈莱姆区的男孩，一个生活在异性恋世界里的同性恋，他在20世纪60年代被动卷入美国民权运动的涡旋。虽然极不情愿，这个诗人也惹下了不小的祸殃。鲍德温不管是在演讲中，还是出席各种集会，他都坚持赤忱相见，开诚布公，他虽然倡导一项至关重要的事业，但他自己仍然置身事外。他的语言必须由他自己选择。他的生命必须属于他自己。

6

真正有价值的写作，一定是和人类同气相投的写作，和一切有情众生心心相印的写作，与人类共美，与众生一起欢欣，一起叹息。有价值的写作源于虚怀若谷，敞开心扉和大脑，这样做，不经意间也许会启开多扇门扉。我有一种感觉——我想鲁迅也有同感——当一个作家把自己的身份想象得太狭隘，当他把自己的身份穿戴得太紧绷；当一个人的立场过于坚定，斩钉截铁时，他的心肠已经变硬了，思想狭隘起来，一种伪造的世界观和声音使他要么与世界对立，要么就是支持或赞同。但是艺术不是这样偏狭武断，艺术很可能会与某种话语——政治、咆哮、判断和偏见——产生冲突，因为艺术的本质就是批判而不是迎合。

西莫·希尼(Seamus Heaney)提醒我们，从事文学的人，有时候就要学会投掷石块。就让我们朝着暴政和不公平，伪善，强奸和虐待儿童，任何形式的剥削掷出我们手中的石块吧。土著语言正在消失，湿地干涸了，候鸟不再迁徙了，从地球上消失了。世界上蜜蜂种群正在锐减。让我们大声说出我们的愤懑来。我们作为作家，就是要和弱势群体和美丽的、受虐的事物，被忽视、隐形、被剥削的群体和贫困群体站在一起，为他们发声。

但是在进行社会改革、实施政权更迭方面，有比写诗更尖锐的工具。

有一种工作只有文学才能做，这种工作就是济慈所说的灵魂再造。文学的工作就是让我们葆有人性的善好，同情人性的弱点，文学要求我们释出更多的人性的善好，就像弗罗斯特说的，我们要学会"倚靠混沌"。

为此，我们需要我们的灵魂完整，我们需要我们的语言自由。

7

艾米丽·狄金森写道："生活是一种如此美妙的咒语，整个世界都在密谋打破这种咒语。"文学就具有重铸这种咒语的能力。

文学的政治是这样的：它拒绝接受，也不允许我们接受，我们是在流行的东西方话语中被简化的神秘实体。

作家是有血有肉的灵魂；和喜鹊、樱花、山川、河流一样，我们也是地方的居民。我们不是品牌经理，也不是学号；我们不是劳动单位，不是消费者，也不是纳税人，或者不仅仅是纳税人。我们是恋人，是行者，我们是哺乳动物；我们是欢笑者、哀悼者、歌唱家和战士；我们是神圣的异教徒；我们把我们的创伤和祖父母的创伤藏进我们的细胞，并在我们必须完成的工作中，每时每刻把它们活出来；我们是孩子，我们是父母，也是朋友，我们创造了像奏鸣曲这样美好而无用的东西。我们是唱赞美诗的，是寻路人；我们是困惑的神秘主义者，是失败的怀疑主义者；我们是小偷和天使。我们是人类，地球上的生物，天使化身和堕落的天使，世上也许根本没有什么文学，有时我们也会忘记。

8

那么，就像情人一样，你就属于你写作的主题。和死者同死；与他们交谈，请求他们的帮助。见证你的时代，但不要太适合这个时代。而是属于你的痛苦，你的情感和沉迷。无论如何，与你的读者保持一致；成为你认为他们会喜欢听到的那样。真正看重的只有写作本身；相信好的句子，正确的节奏，漂亮的隐喻。如果可以的话，熟知你的故土。如果可能的话，趁着灵感还在，写下来你对大地、对祖国的热爱之情。记住你赞美过的土地的每一句话。

像河流一样生活；像高原一样写作。

身在何处，心在何处。生在何方，心安何方。

9

鲍德温所说的这个自我，其实就是一个大我。正如惠特曼所言，它包含了人类全体。我相信鲁米是对的，他说："总有一种方法可以摆脱个人的执念，恰如其分迎来死亡，和成双归来的方式。"（事实证明，自我就是一个唱诗班；一个人所要做的就是学习唱歌。）如完一个作家想要认同某件事，他就顺其自然吧。让他练习写作写作，练习成双归来，这个他可能是我们当中任何一位。

10

"目击人生是一场孤独的游戏。"我曾在一首诗中写道。我们都知道，写作是一种见证，一个人必须站在自己的生活和时代、自己的人民、自己的社会及其规范之外，才能完成这种见证。为你所认同的东西奋斗。作者属于世界之上。站在你生活之外一点，这样别人就能找到回家的路，找到通向你的路。那么，就住在门槛上，把它变成一个语言的壁炉吧。让你的护照上注明你就是一个隐士。

11

阅读再阅读，从好的写作中学到好的写作。走出去。坠入爱河。我想，这是我曾经给加的夫一家学生报纸的建议，当时年轻的采访者老是问我同一个问题：你对年轻作家有什么建议？好像我无所不知。

别把那个称谓太当一回事，我可能会补充一句：看重你的写作。

12

诗歌，所有的文学都可能是人类进化来保持理智的伎俩。

人类文化发明或者进化出了"个人抒情"，格雷戈里·奥尔在《诗中生存》中这样写道："从而帮助个人（作者和读者）度过诸般生存危机，这些危机可能由于主观极端臆测引发，也可能由于外部环境如贫困、痛苦、疾病、暴力，或痛失所爱引发。"

奥尔继续写道："所有的生命都包括混乱和无序，但在某些存在主义危机中，无序有一种完全压倒我们的危险。在这种情况下，自我的完整性受到威胁，其坚持的愿望或能力受到挑战。当我们把危机'翻译'成语言时，生存就开始了……诗歌展现了我们塑造想象力的秩序力量（也许是我们接近自我的能力），使我们能够对抗混乱。"（在这首诗中，秩序胜出。）

如果诗歌的主要目的是帮助恢复自我的完整性，如果你是一个作家，你最好对自我有一点了解。人们最好学会一点抒情的技巧，这样诗歌就能不时地让文学意义上的秩序胜出——倚靠混沌，重新铸造咒语。

那么，培养自我吧。从自我开始。包括所有的自我。尤其是死者和无言者的自我。记住地球。关注语言本身，关注文学本身，因为这就是你的家底。尽其所能吧。指不定哪一天就会派上用场。

（黄少政　译）

徐可 > 感谢马克·特里尼克先生的精彩发言，马克·特里尼克谈到的是作家、诗人的责任和担当，一个写作者更应考虑的不是自己的身份，而是他的作品能给读者带来什么。刚才两位外国作家都带来了精彩的发言，我想稍微调整一下，请一位中国作家来做出回应。下面有请徐坤女士。

徐坤 > 我来自中国作家协会下属的《小说选刊》杂志。刚才听了两位的发言，我非常感兴趣，愿意回应他们的话。我注意到多依娜·茹志缇女士在发言的时候，她说很抱歉，她是第一次用英语发言，说得不好；马克·特里尼克先生在发言一开始就说，我的罗马尼亚语还不如你的英文呢。其实他们俩在说这些话的时候，很显然，多依娜·茹志缇女士自认为是一个小语种的作家，表达十分谦逊的心态。马克·特里尼克先生的母语是英语，他对多依娜·茹志缇女士说话时实际上还带着骄傲。这非常有意思。正如刚才吉狄马加主席在致辞当中说到的，我们这届国际写作计划两个目的中的第一个，是要建立更广阔的视野来谈想象的问题；第二个目的是交流和消除壁垒，文学需要消除很多墙壁。作家们坐在一起交流，是要消除这种语言的壁垒。我同意吉狄马加主席的观点，我们在消除壁垒的同时，还要再重新竖起一道墙，是一座母语的墙。在当今这样一个全球化的时代，保持各个民族文化的特质的最后的一道屏障和壁垒，就是语言了。我们每个作家都是用语言来写作的，那么，责无旁贷地，保护母语的责任就落到我们作家的身上。

今天我们的发言被现场翻译为英语，在诸多国际会议上，我们交流工作的语言都是英语，甚至我们使用的电脑里面，不论是Windows 7

徐 坤

《小说选刊》主编

还是Windows10，所有的指令都是从英语中来的。我们想象一下，如果现在全世界所有的语言都泯灭了，只剩下英语，人类会怎样？如果真有那么一天，全世界只剩下一种语言，到了那会儿，也是上帝该出面让世界毁灭的时候。在《圣经·创世记》里面，上帝发明了巴别塔，人类想借用通天塔前往天堂，上帝感到害怕了，怕人类团结一心最后会战胜它，于是制造了不同的语言，诞生了不同的民族和文化。

所以，全世界语言统一的那一天永远不会来到，巴别塔也是永远建立不起来的。正如马克·特里尼克先生提到的鲁院里的两棵白杨树，白杨树也是我家乡的树，我出生在东北，从小是伴着白杨树长大的。不知道您家乡澳洲的白杨树是什么样的？我们小时候会在白杨树上刻下字，白杨树上有一个一个的"眼睛"，等我们长大了，那个恋人之间刻下的"我爱你"，也随着"眼睛"长到高处了。非常有意思。

马克·特里尼克 > 澳大利亚也是如此。

徐坤 > 所以白杨树是在欧洲、澳洲、北非、亚洲普遍生长的树种，它们在不同的国家有不同的名字，但都改变不了像您说的那种坚定挺拔向上的树种的性格。讲了白杨树的故事之后，我觉得我们人类不如树，我们不知道它何朝何代就进行全世界传播，不知道它是从中国传出去的，还是从欧洲、澳洲传过来的。在没有人类之前，这些可爱的白杨树已经在进行交流了，可能它们之间也存在文化交流，只是我们听不懂。所以我也希望借着这次鲁院的沟通机会，在座的不同民族、不同语言的作家，也能像白杨树一样，在空中树叶子沙沙地相互交流着，诉说不同的想法。

此外，吉狄马加主席在致辞中说到了一个非常重要的话题，是关于想象。他讲到，我们今天相对于古代来说，空间和时间都发生了巨大的变化。我们现在共同地关注着人类生存的空间，关注地球，这就要让我想到今年春节，我们中国一部特别有名的科幻电影《流浪地球》上映。它是根据中国著名的科幻作家刘慈欣的小说改编的，在中国春节的七天里就创造了五十三亿的票房，非常了不起。它的想象非常宏大，非常炫丽。这部电影讲述了将来某一天地球发动机突然不转了，停摆了，人类开始用人造的发动机放置在地球的各处，开始拯救地球。整个电影都是人类跟着这个小球不断地跑，要把它重新激活。后来我看到国外的评论家说，你们中国人这种想象力有点太笨拙，地球已经完全回到史前时代了，一片黑暗、冰封的世纪，如果是美国人，就会直接移民到火星去生活了；如果是英国人，他们也会另外制造一个星球，所有的人都搬移到这个星球生活。唯有你们中国人对地球还依依不舍，面对已经死掉的地球，你还要极力地把它复活。中国的批评家就反驳说，这恰恰是基于我们中国人传统心理的一种巨大的想象，在全世界的民族中只有中国人，其次是俄罗斯人对于大地有着根深蒂固的深情，他们一时一刻都不会离开土地，不会离开他们赖以生存的星球。北欧的其他国家，有着一种走向天堂的文化，他们不会在乎这个地球究竟会怎么样。所以每一个作家的想象和视野，都离不开根深蒂固的精神遗产和巨大的传统文化的基因。

所以身为一名中国作家，一方面身处全球化的时代，我们坚信要全世界的人类建立起人类命运共同体，另一方面我们也要坚决地做守护和捍卫民族语言的最后的精神斗士，一定用母语书写好自己的文化。

谢谢大家！

徐可 > 感谢徐坤女士的精彩发言，徐坤女士讲了很有意思的观点：不同的语言固然造成了交流障碍，但也正是这种障碍或不同造就了文化的多样性、差异性、互补性、丰富性。如果真的有一天，我们全世界只剩下一种语言，也许正是文化的衰退或者是消亡之日。

下面我们接着有请第三位外国作家塔米姆·毛林先生，他是来自智利的诗人。欢迎塔米姆·毛林先生。

塔米姆·毛林 ＞ 建构作家身份：愿景与想象

塔米姆·毛林

Tamym Eduardo Maulen Munoz
智利诗人

我来自遥远的世界，南美洲的一个遥远的国家。这个国家身材细瘦纤长，看起来也像中国占星术中的一条伸展身子的绿蛇。或者是一支精致的黑色毛笔，或手工绘制出的最伟大、最不可思议的书法作品：

智利的东面被南美洲的安第斯山脉团团围住，西面则是一个强大的天然屏障：蓝色的太平洋，从画笔柄的顶端到下面的头发，都沐浴在蓝色的太平洋之中。如果这还不够，北部则是"世界上最干旱的"阿塔卡马沙漠，阻碍了与邻国的交流。最后，南部的巴塔哥尼亚拥有无法逾越的南极冰层——那里只有洪堡企鹅得以生存——这使它与世界其他地方完全隔绝。

我的国家叫智利，虽然陆地和地球相连，其实更像一个岛屿。对许多专家来说，智利的地理位置决定了它的文学的品质：这个岛屿不长椰子树，只生长诗人。智利的诗歌就像这个春天中国樱花树上盛开的花朵：与世隔绝带来了一种神秘的品质。这一点，一些诗人，像加布里埃拉·米斯特拉尔、巴勃罗·聂鲁达，都首先注意到了。

首先我要感谢鲁迅文学院邀请我，选择我作为2019年国际创意写作项目的常驻作家。今年是猪年，猪是丰饶的象征，给我带来了这份奇妙的礼物。

要回答这个问题，我们必须开始一段超越中国毛笔的旅程，甚至超越中国的长城。这段旅程将把我们引向最令人不安的国度：我们内心深处。

作家、艺术家常常在自我之外寻找题材：蓝天碧空、白雪覆盖的高山、一簇鲜花或繁星点点的夜空，这些都足以在一个寻求表达自己情感的人身上产生灵感。19世纪以前，也一直是西方诗歌的主题。20世纪，文学转向内心，精神层面，开始审视我们的自我和游荡在我们内心的幽灵。

寻找自我也许是我们生命中最重要的旅程。有关"我是谁？"的发问，也构成了现代哲学和宗教的主题。同样，对于作家而言，找到自己的身份也是文学的基本前提。智利的地理位置和自然环境，把我们的生命历程和其他地区的作家区别开来，形成了不同于其他地区作家的想象力和文学灵感。在这个世界上，我们智利人并不孤单；我们自有我们自己的历史分期、时间、事实的宇宙，以及每天围绕着我们、改变着我们的一群人的一部分。"我就是我自己，我就是我所处的环境。"西班牙著名哲学家何塞·奥尔特加·加塞特如是说。他说得多么好，多么贴切！

环境、地理、国家、时代帮助我们建构自己的身份。但它们并不是一切。一个作家的内心世界，可以和外部世界一样阔大。哲学家伊曼努尔·康德就曾指出："头顶的星空和内心的道德法则乃是人的内心世界的边界。"这也是他的遗言，刻写在他的墓碑上，总结了多年来在我们西方思想中占据优先地位的二元论：我自己和世界。世界和我自己。

我想对你们说，舍此还有一种不同的看待事物的方式。让我们回顾起始的那幅图画，试着想象一下，如果它继续被孤立在虚无之中，会有什么用。作画就必须使用毛笔。它需要油墨、水彩、不同颜色的颜料。纸或画布也很重要。当然，还需要一只手来拿起毛笔，一个艺术家君临，笔触赋予它生命，用它创造出最伟大、最不可思议的书法。毛笔要存在，需要停止死亡，需要重生。人类的手赋予了它生命。

诗人聂鲁达来到秘鲁，登上马丘比丘，在《诗歌总集》中描写美洲历史，他说："跟我一起登上马丘比丘，我们一起再生了，兄弟。"聂鲁达第一次向我们美洲人宣示美洲诞生了。不仅如此，他还邀请我们重新出生，因为西班牙人征服美洲之后，我们所有的美洲人随即灭亡了。但是，新一代的美洲人，我的祖先，我的祖父母，我的父母，我的兄弟姐妹，以及未来的美洲人，我的孩子们，我孩子们的孩子们，有一种方式能够，也将有一种方式能够，从这场西班牙式的屠杀和征服的毁灭中重生。这种方式被称为"道成肉身"。

死亡和地理把我们智利变成了一个孤悬世外的国家，但正是西班牙语，那些来自其他国家的人继承了这些词语，使我们得以摆脱孤立。文字就是那双手，拿起画笔，记录了自那以后与世界永恒的对话。聂鲁达说："从征服野蛮人的大胡子上掉下来的词语，从马蹄上掉下来的词语，就像小石头一样，留在这里的发光的词语，令人眼花缭乱……语言。""我们输了……我们赢了……他们拿走了金子，也给我们带来了金子……他们拿走了一切，也给我们留下了一切……他们给我们留下了词语。"

我们可以再次审视起始的那幅图画，我们就会明白智利并不孤单。当人心和人心的兄弟姐妹们一起努力作画，它就能显示真正的身份。为了构建这种身份，我请诸位首先要寻找你们的自我，然后再去寻找他人，寻找那只让我们成长为人类的手，而后是那只作为艺术家的手。身处21世纪，作家的身份更多不在于沉溺"自我"，而在于"我们"。我现在邀请诸位重新出生。

（黄少政 译）

徐可 ＞ 感谢塔米姆·毛林的精彩发言，您所触及的不仅是哲学的、宗教的话题，更是我们所有写作者需要共同面对、共同回答的问题。

下面我们有请来自吉布提的诗人、小说家切赫·瓦塔先生发言。

切赫·瓦塔 > 非常感谢。我非常荣幸能够受到鲁迅文学院的邀请。与来自世界各国的这么多作家一起畅谈写作，对我来说是一个千载难逢的机会。

我非常认真地聆听了三位作家的发言，这三位来自不同地方的作家对主题的诠释已经非常透彻了。大家对想象和视野的诠释、对主体构建的诠释有所不同，这对我来说是一个非常好的学习机会，而我则代表着另外一个大陆的视角，因为我来自非洲。

我来自非洲大陆。说到非洲，一切并不那么简单，非洲大陆有着非常丰富和深厚的文化。我们作为非洲作家的重要的主体构建，我们阅读的书，我们书写的文章，我们所经历的各种各样的文化，都造就了非洲作家的独特性。我是一个黑人，并非因为我喝了很多咖啡而变黑，而是我所阅读的文化篇章、拥有的文化积淀塑造了我作为黑人的本质。我认为，非洲的诗歌具有很高的独特性，跟其他地域的诗歌也有很多不同之处。因此，我也非常荣幸有机会跟大家分享一下我们的诗歌。我虽然不是第一次来到中国，但却是第一次在中国参与有关诗歌的会议。

我最后和大家分享一下自己为什么写作。我们生活在混乱之中。我们的国度充斥着战争，有各种各样的领土纠纷，还有地区之间和部落之间的战争。我们的生活状况一片混沌。这也就是战争成为我们重要写作主题的原因。诗歌是我们书写战争的相当重要的文体，所以我们用诗歌来描述战争，描述我们所生活的混沌的状态。

切赫·瓦塔

Chehem Mohamed Watta
吉布提诗人
小说家

徐可 > 谢谢切赫·瓦塔的精彩发言。下面有请中国著名的翻译家、《世界文学》主编高兴先生来谈谈他的看法。

高兴 > 非常感谢鲁迅文学院的邀请。我也觉得自己在一个合适的时间来到一个合适的地方。我们所共知的《世界文学》，这本杂志的老主编就是中国现代伟大的作家鲁迅先生。所以我每次来到鲁迅文学院都感到格外亲切。这本杂志的开本是鲁迅先生确定的，至今也没有改变，它已经成了一个文化品牌。我们的老主编鲁迅先生确定了一个特别重要的精神传统，就是不断与其他文明、其他传统、其他文学相遇，把文学当作一个共和国，充分体现民主和平等观念。我每次参加鲁迅文学院的国际写作计划，都有这样一种感觉：就像进入一座文学共和国，在这个共和国里面能听到非常丰富的、不同的声音。

高兴
—
《世界文学》主编

其实我想对外国同行们说：我们为什么格外重视视野与想象？因为我们经历过视野不那么开阔的阶段。我们经历过想象受到遏制的时代。中国当代文学史实际上是特别特殊的，我希望外国的同行们能够对此有所了解，了解这一点之后，你们或许就能更好地理解我们。我们的文学史由于各种各样的原因曾经出现过断裂。所以在上世纪70年代末80年代初，当《世界文学》介绍一位又一位世界大作家比如卡夫卡、福克纳、加西亚·马尔克斯的时候，中国作家从中获得了巨大的力量。最典型的例子，很多小说家在《世界文学》第一次读到卡夫卡作品的时候，他们一下子觉得小说的边界原来可以如此宽广；你们或许了解莫言先生，实际上他也是在读到福克纳、加西亚·马尔克斯作品的时候，一下子打开了视野。所以，我可以很负责任地说，如果莫言先生没有及时读到加西亚·马尔克斯、福克纳，他的写作可能沿着其他方向进行。我们的诗人北岛如果没有及时读到波德莱尔、布莱克这些杰出诗人的作品，他的写作面貌也完全可能是另外一个样子。曾经有作家如此说道：中国的写作者可以分为两类：一类是读《世界文学》的作家，一类是不读《世界文学》的作家。这位作家这么说的时候，可能有开玩笑的性质，但他也确实说出了事实。

对于我们来说，视野的开阔曾经起着多么重要的作用。这么多年里，我更多关注东欧文学，严格地说是中东欧文学。实际上，中国作家和中东欧作家有很多共同点。比如，我们都面临着语言传播上的尴尬和困境，我们不像英语写作者和法语写作者，因为他们在写作的时候有着某种天然的优越感。米兰·昆德拉是一位至今依然影响着中国作家的东欧小说家，他曾经这么说过：身处一个小国，你要么做一个狭隘的、地方性的人，要么就做一个广闻博识的、世界性的人。中国作家对此特别有共鸣，我们同样面临着这样的选择。很多有思想的作家也是一样，都极力地成为一个世界性的人，这就涉及视野。

我今天来这儿其实特别高兴，因为我又有很多未来潜在的作者了。我也希望我们能够透过语言的壁垒，把诸位作家的作品呈现在我们的《世界文学》中。我希望下次我们再相聚的时候，你们已经有转换成汉语的作品呈现给我们。

文学交流很奇妙，因为今天恰恰是文学让我们相聚。我今天见到马克就有一见如故的感觉，因为在诗歌中，我已经和他相遇了；见到多依娜·茹志缇的时候，我有一种格外的亲切感，感觉就像一家人，因为我们可以说同一种语言，那就是罗马尼亚语；见到中上纪的时候，我就知道她的短篇小说《电话》曾经获得过巨大的反响。所以特别感谢鲁迅文学院让我们聚集到一起。这是非常美好的相遇。谢谢！

徐可 > 谢谢高兴先生。下面有请来自阿根廷的作家马里亚诺·特恩科里·布兰科先生发言，大家欢迎！

马里亚诺·特恩科里·布兰科 >

马里亚诺·特恩科里·布兰科

Mariano Tenconi Blanco
阿根廷作家
剧作家
戏剧导演

大家好，英语虽然不是我的母语，但我尽可能用英语和大家分享自己的观点。我有一些观点要与大家共同来讨论。来自世界各地的作家与来自中国的作家已经阐明了他们的观点，我对这些观点非常有兴趣，我想借助自己所代表的文化传统来参加大家的对话。

我来自阿根廷，阿根廷是位于南美洲的国家。阿根廷有一个著名的作家，在20世纪50年代他非常活跃，他在1986年去世。在50年代，他写了一部关于阿根廷历史的书。这位作家在这本书里写的一些重要史实将会被放置在我的发言中。

阿根廷是一个重要的南美国家，与秘鲁、墨西哥一样非常重要。虽然都是南美洲重要的国家，但阿根廷却没有秘鲁、墨西哥这两个国家那么深厚的历史。有这样一个说法：秘鲁人都是来自印加，阿根廷人是来自轮船的。因为阿根廷人是意大利以及西班牙的殖民者的后代。所以，在20世纪之前，阿根廷不算是一个有悠久传统的国家。因此，我就直接引用这位作家在他这篇文章当中所提及的观点：阿根廷作为一个边缘化的国家，在文学上的传统就是容纳世界文学。所以，在文学的成长方面，我们不断地吸取各个国家文学的精华，无论是来自南美洲国家的文学，像马尔克斯、聂鲁达的作品，我们也会容纳来自欧洲和美国的一些文学传统，比如卡夫卡、福克纳的作品，这些作品都会对我们产生影响，此外，中国的莫言也会对我们的写作有所影响。我们作为边缘化的小国，我们的传统就是海纳百川，接受各个国家写作的影响。

我的经历比较独特。我是一个作家，也是一个剧作家，此外还有过导演戏剧作品的经历。由于这些特殊的经历，我便不再相信舞台上的角色和故事是真的。那么，我相信什么？我相信的是我们所从事的活动，我们的写作、表演、戏剧等等。

当今世界上很多事物都是假的，互联网、大众传媒，社交网络、新闻上很多信息是假的。它们看上去好像是真的，却又似是而非。而我们又特别喜欢沉浸在这虚构的世界中，因为虚构的世界源于我们的真实世界，又高于它。

我对自己生活的世界非常不满，也非常失望。这个世界上充斥着贫穷和不公正，所以我想在戏剧中创造一个不同的世界，在这个世界里一切都是美好的，一切都是新的，至少在我写作的时候，我是愿意生活在这样的世界中的。一个作家，无论他是剧作家还是小说家，如果能成功地建立一套新的世界系统，就意味着他能成功地建立一种新的阅读习惯，比如，当你习惯阅读卡夫卡后，你读其他作品的时候也会用这个习惯来阅读，或者说你已经生活在卡夫卡的小说世界中了。因此，我认为一位成功的作家如果能改变我们阅读的方式，就意味着他能够用他的世界观影响我们在现实世界中的生活方式。

最后，我想感谢鲁迅文学院给我这个机会，与来自全球各地的作家包括来自中国的作家进行交流。

徐可 > 感谢马里亚诺·特恩科里·布兰科先生。下面我们有请来自德国的小说家马蒂亚斯·波利蒂基先生发言，大家欢迎！

马蒂亚斯·波利蒂基 > 非常感谢有机会与大家进行讨论。今天早上与切赫·瓦塔先生交流，他说，在非洲要尽可能地在混乱中找到秩序；我作为一名德国的作家，却从来不会这么说。所以在进行短暂的讨论之后，我意识到，作家主体的确立取决他来自什么地方，他的语言和文化又有着怎样的特点。因此，当我们说到作家写作方向的时候，实际上有着两个大方向，一个方向就是像塔米姆·毛林或马尔克这样的作家，他们会使用一些比较真实的、本土化的方法来写作，他们会着重书写自己的国家和熟悉的文化。

刚刚高兴先生说道，一个只有本地视野的作家是比较局限的，如果一个作家视野是全球化的，他的世界观就会更加庞大。我的观点恰好与您相反。大家都知道，现在旅游产业日益兴盛，全球流行着各种各样的旅游，游客手捧着《孤独星球》到世界各地游览，他们会使用相似的旅游服务供应商订酒店和餐厅，无论他们去欧洲还是中国，实际上只是地理位置发生了变化，他们的行为其实是一模一样的。在欧洲或是中国，他们又能看到什么呢？如果想要了解中国最有特色的事物，并不能跟世界上大多数游客一样，追随他们的脚步，寻找最主流的信息。我认为最原汁原味的中国美食都在某些小地方，这是我们必须要去品尝，才能真真切切地感受的。文学也是如此。在我看来，全球化的文学就是大宗商品，就是世界旅游，它既没有什么特殊的滋味，也没有什么特殊的声音，毫无诗意，缺乏自己的节奏。我认为，如果说要去体验任何一个地方的独特文化，必须要到当地去。

所以，在全球化和本地化之外，我给大家提供第三个选择，这也是我坚持的立场：我们作为作家，一方面需要有全球化的视野，因为这是大的趋势；另一方面，也要尽可能地保证本土的特色，维持我们独特的传统。有些作家可能会选择全球化的视野讲故事，但在写作的时候，他们的写作技术可能会比较匮乏，无法全方位地调动自己的本土知识和才能。所以，如果我们能

马蒂亚斯·波利蒂基

Alfred Matthias Politycki

德国小说家
散文家
诗人

在这两者之间做出权衡，将现实用更加包容的方式吸纳进来，与此同时把自己的理念更好地融入进去。

徐可 > 谢谢马蒂亚斯·波利蒂基的精彩发言。下面我们再有请中国的诗人李少君发言。

李少君 > 主体性概念是一个现代概念，自康德强调之后，成为西方启蒙主义的一个重要话题。康德认为人因具理性而成为主体，理性和自由是现代两大基本价值，人之自由能动性越来越被推崇，人越来越强调个人的独特价值。根据主体性观点，人应该按自己的意愿设计自己的独特生活，规划自己的人生，决定自己的未来，自我发现、自我寻找、自我实现，这才是人生的意义。在诗歌中，这一理念具体化为强调个人性，强调艺术的独特性。诗人布罗茨基的观点颇具代表性，他说："如果艺术能教给一个人什么东西（首先是教给一位艺术家），那便是人之存在的孤独性。作为一种最古老，也最简单的个人方式，艺术会自主或不自主地在人身上激起他的独特性、个性、独处性等感觉，使他由一个社会动物变为一个个体。"但极端个人化和高度自我化，最终导致的是人的原子化、人性的极度冷漠和世界的"碎片化""荒漠化"。

中国文化对此有不同理解和看法。在中国古典诗学中，诗歌被认为是一种心学。《礼记》说："人者，天地之心也。"段玉裁《说文解字注》对此解释："禽兽草木皆天地所生，而不得为天地之心，唯人为天地之心，故天地之生此为极贵。天地之心谓之人，能与天地合德。"现代哲学家冯友兰先生认为：人是有觉解的动物，人有灵觉。因为这个原因，人乃天地之心，人为万物之灵。人因为有"心"，从而有了自由能动性，成为了一个主体，可以

李少君

《诗刊》主编

认识天地万物、理解世界。从心学的观点，诗歌源于心灵的觉醒，由己及人，由己及物，认识天地万物。个人通过修身养性不断升华，最终自我超越达到更高的境界。

诗歌的起源本身就有公共性和群体性。中国古代诗人喜欢诗歌唱和和雅集。这是因为，诗歌本身就有交往功能、沟通功能和公共功能，可以起到问候、安慰、分享的作用。古人写诗，特别喜欢写赠给某某，这样的诗歌里暗含着阅读的对象，也因此，这样的诗歌就不可能是完全自我的，是必然包含着他者与公共性的。中国诗歌有个"知音"传统，说的就是即使只有极少数读者，诗歌也从来不是纯粹个人的事情，诗歌永远是寻求理解分享的。

诗歌是一种心学的观点，要从理解什么是"心"开始。心，在中国传统文化中是指感受和思想的器官。心，在中国文化中是一个整体性概念，既不是简单地指心脏，也不是简单地指大脑，而是感受和思想器官的枢纽，能调动所有的器官。

我们所有的感受都是由心来调动，视觉、味觉、嗅觉、触觉等所有感觉，都由心来指挥。比如鸟鸣，会唤醒我们心中细微的快乐；花香，会给我们带来心灵的愉悦；蓝天白云，会使我们心旷神怡；美妙的音乐，也会打动我们的心……这些表达里都用到心这个概念，而且其核心，也在心的反应。我们会说用心去听，用心去看，用心去享受，反而不会强调是用某一个具体器官，比如用耳去听，用眼去看。因为，只有心才能调动所有的精神和注意力。所以，钱穆先生认为心是一切官能的总指挥、总开关。人是通过心来感受世界、领悟世界和认识理解世界的。

以心传心，人与人之间的心灵是可以感应、沟通的。人同此心，心同此理，诗歌应该以情感动人，人们对诗歌的最高评价就是能打动人、感动人，说的就是这个道理。钱穆先生认为：好的诗歌，能够体现诗人的境界，因此，读懂了好的诗歌，你就可以和诗人达到同一境界，这就是读诗的意义所在。

心通万物，心让人能够感受和了解世界。天人感应，整个世界被认为是一个感应系统，感情共通系统。自然万物都是有情的，世界是一个有情世界，天地是一个有情天地。王夫之在《诗广传》中称："君子之心，有与天地同情者，有与禽鱼鸟木同情者，有与女子小人同情者……悉得其情，而皆有以裁用之，大以体天地之化，微以备禽鱼草木之几。"

宋代理学家张载提出"民胞物与"的观点，将他人及万物皆视为同胞。语出《西铭》一文："乾称父，坤称母；予兹藐焉，乃混然中处。故天地之塞，吾其体；天地之帅，吾其性。民吾同胞，物吾与也。"意思是，天是父亲，地是母亲，人都是天地所生，所以天底下之人皆同胞兄弟，天地万物也皆同伴朋友，因此，我们应该像对待兄弟一样去对待他人和万物。中国古典诗人因此把山水、自然、万物也当成朋友兄弟，王维诗云："流水如有意，暮禽相与还"；李白感叹："相看两不厌，唯有敬亭山"；李清照称："水光山色与人亲"。

在诗歌心学的观点看来，到达相当的境界之后，所谓主体性，不仅包括个人性，也包括人民性，甚至还有天下性。在中国诗歌史上，这样的例子举不胜举。其中最典型的就是唐代大诗人杜甫。

那么，何谓"境界"？境，最初指空间的界域，不带感情色彩。后转而兼指人的心理状况，涵义大为丰富。这一转变一般认为来自佛教影响。唐僧园晖所撰《俱舍论颂疏》："心之所游履攀援者，故称为境。"境界，经王国维等人阐述后，后来用来形容人的精神层次艺术等级，境界反映人的认识水平、心灵品位。王国维在《人间词话》里称："有境界则自成高格"。

哲学家冯友兰认为："中国哲学中最有价值的部分是关于人生境的学说。"学者张世英则说："中国美学是一种超越美学，对境界的追求是其重要特点。"境界可谓中国诗学的核心概念。

境界概念里，既包含了个体性与主体性问题，个体的人可以通过修身养性，不断自我觉悟、自我提高，强化自己的主体性；也包含了公共性与人民性的问题，人不断自我提升、自我超越之后，就可以到达一个高的层次，可以体恤悲悯他人，也可以与人共同承受分享，甚至"与天地参"，参与世界之创造。

杜甫早年是一个强力诗人，"主体性"非常强大，在他历经艰难、视野宽广之后，他跳出了个人一己之关注，将关怀撒向了广大的人间。他的境界不断升华，胸怀日益开阔，视野愈加恢宏，成为了一个具有"圣人"情怀的诗人，所以历史称之为"诗圣"。杜甫让人感到世界的温暖和美好。

杜甫早年的"主体性"是非常突出的，他有诗之天赋，天才般的神童，七岁就写出过"七龄思即壮，开口咏凤凰"这样让人惊叹的诗句。年轻的时候，杜甫意气风发，有过"致君尧舜上，再使风俗淳"的理想，也曾经充满自信地喊出"会当凌绝顶，一览众山小"，对世界慷慨激昂地宣称"济时敢爱死，寂寞壮心惊""欲倾东海洗乾坤"。杜甫不少诗歌中都显现出其意志力之强悍，比如："骁腾有如此，万里可横行""何当击凡鸟，毛血洒平芜""安得鞭雷公，滂沱洗吴越""尔曹身与名俱灭，不废江河万古流""来如雷霆收震怒，罢如江海凝清光""杀人红尘里，报答在斯须"，何其生猛！即使写景也有"一川何绮丽，尽日穷壮观""无边落木萧萧下，不尽长江滚滚来""星垂平野阔，月涌大江流"，何其壮丽！……杜甫自己若无这样的意志和激情，不可能写出这样决绝强劲的诗句。

杜甫主体性之坚强，尤其表现在他身处唐代这样一个佛道盛行的年代，甘做一个"纯儒"，即使被视为"腐儒""酸儒"。有一句诗最能表达杜甫的强力意愿，"葵藿倾太阳，物性固难夺"，葵藿就是现在说的向日葵，物性趋太阳光，三国魏曹植《求通亲亲表》里称："若葵藿之倾叶太阳，虽不为之回光，然终向之者，诚也。"杜甫认为自己坚守理想是一种物性，实难改变，尽管意识到"世人共卤莽，吾道属艰难"，但仍然甘为"乾坤一腐儒"（《江汉》），不改其志，仿佛"哀鸣思战斗，迥立向苍苍"的战马。

杜甫的诗歌主体还表现在他的艺术自觉。杜甫写作追求"为人性僻耽佳句，语不惊人死不休"，对于写作本身，他感叹"文章千古事，得失寸心知"。杜甫很自信，并且坚信"诗乃吾家事""读书破万卷，下笔如有神"，但也虚心好学，"转益多师是汝师""不薄今人爱古人"，他对诗歌字斟句酌，精益求精，"新诗改罢自长吟""晚节渐于诗律细"。

惜乎时运不济，杜甫的一生艰难坎坷，他长年颠沛流离，常有走投无路之叹："残杯与冷炙，到处潜悲辛"（《奉赠韦左丞丈二十二韵》），"真成穷辙鲋，或似丧家狗"（《奉赠李八丈判官》）；再加上衰病困穷，因此常有哀苦之叹："贫病转零落，故乡不可思。常恐死道路，永为高人嗤"（《赤谷》），"老魂招不得，归路恐长迷"（《散愁》其二）。杜甫一生都在迁徙奔波和流亡之中，但也因此得以接触底层，与普通百姓朝夕相处，对人民疾苦感同身受，使个人之悲苦上升到家国天下的哀悯关怀。

安史之乱期间，杜甫融合个人悲苦和家国情怀的诗歌，如《哀江头》《哀王孙》《悲陈陶》《悲青坂》《春望》《新安吏》《潼关吏》《石壕吏》《新婚别》《垂老别》《无家别》等，杜甫以一己之心，怀抱天下苍生之痛苦艰辛悲哀，使他成为了一个伟大的诗人。杜甫最著名的一首诗是《茅屋为秋风所破歌》，在诗里，杜甫写到自己草堂的茅草被秋风吹走，又逢风云变化，大雨淋漓，床头屋漏，长夜沾湿，一夜凄风苦雨无法入眠。但诗人没有自怨自艾，而是由自己的境遇，联想到天下千千万万的百姓也处于流离失所的命运，诗人抱着牺牲自我成全天下人的理想呼唤"安得广厦千万间，大庇天下寒士俱欢颜，风雨不动安如山"，"何时眼前突兀见此屋，吾庐独破受冻死亦足！"这是何等伟大的胸襟，何等伟大的情怀！在个人陷于困境中时，在逃难流亡之时，杜甫总能推己及人，联想到普天之下那些比自己更加困苦的人们。

杜甫的仁爱之心是一以贯之的。他对妻子儿女满怀深情，如写月夜的思念："今夜鄜州月，闺中只独看。遥怜小儿女，未解忆长安。香雾云鬟湿，清辉玉臂寒。何时倚虚幌，双照泪痕干。"他牵挂弟弟妹妹："海内风尘诸弟隔，天涯涕泪一身遥。""我今日夜忧，诸弟各异方。不知死与生，何况道路长。避寇一分散，饥寒永相望。"对朋友，杜甫诚挚敦厚，情谊深长，他对好友李白一往情深，为李白写过很多的诗歌，著名的有"三夜频梦君，情亲见君意""冠盖满京华，斯人独憔悴""敏捷诗千首，飘零酒一杯"等；杜甫对邻人和底层百姓一视同仁，如"盘飧市远无兼味，樽酒家贫只旧醅。肯与邻翁相对饮，隔篱呼取尽余杯。""堂前扑枣任西邻，无食无儿一妇人。"杜甫对鸟兽草木也充满情感，他的诗歌里，万物都是有情的，他写鸟兽："自去自来堂上燕，相亲相近水中鸥。""鸂鶒西日照，晒翅满鱼梁。""鹅儿黄似酒，对酒爱新鹅。

引颈嗔船逼，无行乱眼多。"他写草木："杨柳枝枝弱，枇杷对对香。""繁枝容易纷纷落，嫩叶商量细细开。"等等。

由于杜甫的博大情怀，杜甫被认为是一个"人民诗人"。堪称中国古典文学中个人性和人民性融和的完美典范。杜甫的"人民性"，几乎是公认的，不论出于何种立场和思想，都认可这一点。但由上分析，杜甫的"人民性"是逐步形成的，因为其经历的丰富性，视野的不断开阔，杜甫才得以最终完成自己。杜甫因此被誉为"诗圣"，其博爱情怀和牺牲精神，体现了儒家传统中"仁爱"的最高标准。

杜甫被认为是具有最高境界的诗人，到达了冯友兰所说的天地境界，"一个人可能了解到超乎社会整体之上，还有一个更大的整体，即宇宙。他不仅是社会的一员，同时还是宇宙的一员。他是社会组织的公民，同时还是孟子所说的'天民'。有这种觉解，他就为宇宙的利益而做各种事。他了解他所做的事的意义，自觉他正在做他所做的事。这种觉解为他构成了最高的人生境界，就是我所说的天地境界"，生活于天地境界的人就是圣人。

所以，诗人作为最敏感的群类，其主体性的走向是有多种可能性的，既有可能走向极端个人主义，充满精英的傲慢，也有可能逐渐视野开阔，丰富博大，走向"人民性"，以人民为中心，成为一个"人民诗人"，杜甫就是典范。

徐可 > 感谢李少君先生的精彩发言。下面有请来自日本的小说家中上纪女士发言，大家欢迎！

中上纪 > 非常感谢邀请我来北京。我非常高兴与在座诸位讨论。我想就这个主题发表一些自己的看法。我非常喜欢这个主题，在诠释这个主题的时候，我更想谈些自己的想法。

中上纪

Nakagami Nori
日本小说家

我的原生家庭是一个特别古怪的家庭，我的父母都是作家。我们有时候会住在东京，有时候又会搬出去，甚至会搬离日本。我小时候跟着我父母到处跑。我父母一直教育我：一定要有自由意志，我可以成为我想成为的人，从事任何想从事的职业，但是不可以成为作家。但最后我还是成为了一个作家。既然有这么多可能性，我为什么还是会成为一个作家呢？这是因为作家身份就是我认同的身份。除了作家的生活之外，我不了解其他的生活方式，而且写作是唯一的可以全面表达自己的生活方式。

随着年龄的日益增加，我更多地想表达自己了。我认为最好的表达自己的方式，就是通过写故事让自己生活在一个没有边境的世界。正是写作使我作为一个主体更好地想象自己的未来。经常有人说，我的作品更多是对我的真实生活的折射。在我看来，这有一半对，一半不对。我并非为自己而写，而是为读者而写。我也习惯从其他角色的角度来考虑故事的发展，这主要源于自己童年和父母的经历。所以我想说，我所创造的这些角色并不是我自己，这些角色只是从某种意义来说反映了我的某些特点。谢谢大家！

徐可 > 谢谢中上纪女士的精彩发言。下面我们有请来自奥地利的作家彼得·西蒙·艾特曼先生发言。大家欢迎！

彼得·西蒙·艾特曼 >

彼得·西蒙·艾特曼

Peter Simon Altmann
奥地利戏剧家
电影导演
小说家
散文家
词作者

在刚刚的自由讨论和发言中，大家多次提到了我们的国家和我们国家的著名作家。这当然是我们国家的文化和语言的主体，但这并不是我作为一个作家的主体。我作为一个作家的主体来自奥地利的一草一木，来自我们的文化，来自我阅读的书。忽略这些文化和自然来讨论我作为一个作家的主体是没有任何意义的。讨论作家主体的时候出现的问题，可以以卡夫卡为例：卡夫卡到底是奥地利作家还是捷克作家，还是德国作家？当然，卡夫卡所生活的地方在布拉格，但当时的布拉格是奥匈帝国的统治之下的，所以奥地利人完全可以说卡夫卡是一位奥地利作家；卡夫卡用德语写作，德国人也完全可以说既然他用德语写作，他就算是德国作家；布拉格现在属于捷克的首都，所以捷克人会认为卡夫卡是一位捷克作家。那么，卡夫卡的主体性并不体现在他属于哪个国家，而要看他所遵循的传统。卡夫卡用德语写作，是非常重要的德语文学作家，但是这不意味着卡夫卡是一位德国作家。

刚刚大家提到了一个哲学问题，就是我们死后会去什么地方。关于这个哲学问题，德国两位非常重要的哲学家也曾关注过，一位是康德，一位是尼采。刚刚有人提到，说欧洲人由于相信人们死后会升入天堂，所以不怎么关心地球。但实际上，当说到死亡的时候，很多欧洲人都倾向于相信尼采的一句话，就是他在《查拉图斯特拉如是说》中说到的：我们属于地球，我们属于土地。

徐可 > 谢谢彼得·西蒙·艾特曼先生的精彩发言。下面我们请中国作家李云雷发言。大家欢迎！

李云雷 > 大家好，很高兴今天到鲁院与各位交流。首先，我谈一下自己对作家主体建构的一些想法。我觉得主体建构与我们的个人经验有很密切的关系。比如，对于中国人来说，我感觉到最强烈的变化应该是四十年来中国的巨大变化。这个巨大的变化既包括中国经济的发展，也包括我们日常生活各个方面的变化，我作为一个改革开放时代出生的中国人，就经历了中国这四十年的变化。举个例子：我们现在用的是智能手机，大约是在五六年前开始用这样的手机。在那之前，我们用的是非智能手机，更早些的时候我们开始用电话。电话普及大约是在90年代，而在更早的时代，我在山东乡村成长的时代，甚至都没有电。再举一个例子：电视最早进入中国大部分家庭是在80年代早期，而现在电视已经离开了大部分人的家庭，所以电视时代对于中国来说是比较短暂的。

李云雷

《文艺报》新闻部主任

从整体的时代变化来说，中国发生了剧烈的变化。比如说，80年代中国文学一个很重要的主题，就是"文明与愚昧的冲突"。这里的文明主要是指西方文明、城市文明；而愚昧则是指传统的中国文化和乡村文化。但是三十年之后我们发现，我们文学的主题已经发生了变化。可以说是从文明与愚昧的冲突变成了文明之间的冲突，在当下中国人的普遍认知中，中国的传统文化不再指涉落后、保守的文化心态，而是与其他文明平等交流的一种文明。这可以说是中国经济发展带来的自信，也可以说是中国在与其他文明进行交流的时候形成的一种更加平等的态度。

这些变化也体现在很多方面。比如说中国人的形象，传统中国人的形象是鲁迅先生笔下的阿Q这样的中国农民的形象，也包括革命时期《创业史》里面的梁生宝这样的中国农民形象，以及改革开放时期的《陈奂生上城》中陈奂生这样的中国农民的形象。这是那些时期大家普遍认为能够代表中国人的形象，但90年代之后，中国人的形象正在发生变化。刚才徐坤老师提到的《流浪地球》里面的中国人形象，就是中国代表人类拯救地球的形象。我觉得这可以说是中国作家、中国电影对中国人形象的自我认识和期许。当然，这一切都在变化之中，将来中国人的形象会是什么样？这有待于青年作家去书写。

与此同时，我想说另外一个问题，就是中国剧烈发展本身使当代中国人的自我认知出现了一些问题。我觉得最重要的一个问题，就是我们这一代人的生活方式，既跟父辈的生活方式不同，也将与儿子一代人不同。用鲁迅先生的话来说，是历史的中间物。我认为这样的经验可能是中国独特的经验，对于其他国家来说，他们可能处于长期稳定的生活之中，不会像中国这样发生如此剧烈的变化。这样剧烈的变化对于中国的作家来说，既是机遇，也是挑战，更是重新构建自我的一个方式。谢谢大家！

徐可 > 谢谢李云雷先生的精彩发言。下面有请来自日本的小说家谷崎由依女士发言。大家欢迎！

谷崎由依 > 非常感谢。我很荣幸来到鲁迅文学院参加本次活动。我知道今天的主题是一个比较大也比较严肃的主题。我今天着重向大家讲讲少数群体的主体性。为了更好地说明这个主体性，我想向大家讲一个小故事，这个小故事是关于我特别喜欢的一位日本小说家，我非常喜欢他的写作。他经常会写少数群体的遭遇，我自己在和他进行交流的时候也感到有些尴尬。我当时不太写少数群体的遭遇。虽然日本有很多其他国家的移民，但是我作为一个土生土长的日本人，是感受不到少数民意的挣扎和痛苦的。所以，作为一个日本作家，一个本地的日本人，我不怎么写少数群体。但我说的这位作家就会花很多笔墨写少数群体。有一次我与他交流，他说，我们作为作家，应该去探寻人们内心中不为人知的一面。我一下子就得到了灵感。我自己的写作也更加关注这些较少被人关注的方面。

谷崎由依

Nonaka Yui
日本小说家
翻译家

我是一个来自日本的作家，虽然早些时候我还认为自己挺主流的，但后来我发现，由于自己生活在乡村，在现在城市化进程中，我也只能代表少数民意。正如刚刚塔米姆·毛林先生所介绍的，他用西班牙语写作，但是他写作所用的西班牙语，并不是西班牙的西班牙语，而是他家乡的西班牙语。这也是我在这场研讨会中学到的界定主体的方法。还有一点，我是一个女性，而日本的写作史是由男性来定义的。虽然我们不能否认这个写作史上存在女性作家，但这个历史依然是由男性主导的。

由于这样的思考，我对自己作为作家的主体有这三个方面的界定：第一，我是作家；第二，我来自于乡村；第三，我是一个女性。谢谢！

徐可> 谢谢谷崎由依女士的精彩发言。最后我们有请来自保加利亚的女作家兹德拉夫科·伊蒂莫娃女士发言。大家欢迎！

兹德拉夫科·伊蒂莫娃 > 我知道我的名字在英语中是很难读的，所以大家想象一下，我来自一个小国，我们的人口只有七百万，使用这种语言的人口也寥寥无几。与此同时，世界上有几种主流语言，比如英语、法语、西班牙语，使用的人数有几十亿。虽然说这些主流语言也会为我们提供帮助，我们也确实能够感觉到他们对我们的支持，但实际上，对于保加利亚的作家来说——不仅是我，也包括我的同行们——当我们把自己的作品寄给英语国家的出版商的时候，我们所面临的是与美国作家、英国作家的竞争。我用母语写作，出版商关注翻译的质量，英语翻译的质量而非我们母语的写作质量对他们更重要。而这样的事实直接地影响到了我们这些小语种作家比如保加利亚语作家的身份认同，或者说主体性。

兹德拉夫科·伊蒂莫娃

Zdravka Vassileva Evtimova-Gueorguieva
保加利亚小说家
翻译家

刚刚徐坤女士告诉我们，一定要保护好自己的语言，保护好母语的时候，我印象非常深刻，也非常有同感。我们保加利亚的男女老少，哪怕是小孩或者是老人，对保加利亚语都是引以为豪的；此外，我对李少君先生的关于杜甫的评论印象非常深刻，您刚刚说到杜甫的诗词里面都是忧国忧民，饱含着对祖国人民的忧患意识。保加利亚的作家也是如此。我们亲历了保加利亚的各种国难，我们见证了保加利亚人民的苦难，我们对这片国土爱得非常深沉，而且这种深沉的爱融入了我们的血液中。哪怕有一天我进了坟墓，这份深沉的爱也不会消失，因为它会传给我的子孙后代；刚才李云雷先生提到，中国在过去四十年里发生了天翻地覆的变化，这样的变化对中国年轻的一代、当下的作家提出了新的挑战。这个挑战的规模之大、难度之高，也令我印象非常深刻。

今天邀请我们到现场进行研讨，是非常好的。这不仅是一个我们学习中国文化的机会，为中国作家和世界各国的同行提供分享经验的平台，与此同时，更开启了中国文学走向世界、世界文学走进中国的一道大门。我愿意通过这扇敞开的大门来学习中国文学和文化的经验，吸收各国的文学文化，并在这个基础上，创造更多的合作机会，碰撞出更多灵感的火花。我也希望未来我们各个国家的人民能够加深对彼此的了解，加深信任。

最后，我要再次感谢邀请我来本次国际写作计划，感谢所有发言的演讲者，你们的发言让我的思考更加丰富。谢谢！

徐可 > 谢谢兹德拉夫科·伊蒂莫娃女士的发言。

各位嘉宾，现在已经是18点15分，远远地超过了我们预定的时间。所以我们的研讨会也不得不暂时告一段落。

刚才吉狄马加院长代表鲁迅文学院发表了热情洋溢的欢迎辞，十四位中外作家围绕着今天的主题做了非常精彩的演讲。我认为"作家的主体建构：视野与想象"是一个很有意思的话题，也是一个开放的话题。我们想说的话很多，在接下来近一个月的时间里，我们还有很多机会进一步地深入交流。

最后，我要特别感谢各位嘉宾的支持，感谢黄少政先生，感谢我们的翻译先生、媒体的朋友、速记的女士，感谢你们的辛勤劳动。会议到此结束，谢谢大家！

✏ 研讨会现场

✐研讨会现场

3

中外作家第二次研讨会

跨语际对话：人类命运共同体的文学面向

International Writing Program

跨 语 际 对 话：
人类命运共同体的文学面向

2019 International Writing Program

时　间 – **2019 年 4 月 19 日（下午）**
地　点 – **北京第二外国语学院求是楼**
主持人 – **徐　可（鲁迅文学院副院长）**

中方出席嘉宾

吉狄马加	中国作家协会副主席、鲁迅文学院院长
徐 可	鲁迅文学院副院长
陈喜儒	作家、翻译家，中国日本文学研究会副会长
宁 肯	著名作家，北京作家协会副主席，北二外客座教授
徐则臣	著名作家，《人民文学》杂志副主编
黄少政	英美文学翻译家、学者
裴登峰	北二外文传院院长、中国古代文学教授
蒋 璐	北二外欧洲学院院长、英语教授
李焰明	北二外欧洲学院法语教授
谢 琼	北二外研究生院副院长、欧洲学院德语教授
李林荣	北二外文化与传播学院中国现当代文学教授
张文颖	北二外日语学院教授
许传华	北二外欧洲学院副院长、俄语副教授

北二外中外文学各专业师生列席约30人

外方出席嘉宾

切赫·瓦塔 *Chehem Mohamed Watta* ｜吉布提｜ 诗人、小说家

多依娜·茹志缇 *Cornelia-Doina Rusti* ｜罗马尼亚｜ 小说家、编剧

马里亚诺·特恩科里·布兰科 *Mariano Tenconi Blanco* ｜阿根廷｜ 作家、剧作家、戏剧导演

马克·特里尼克 *Mark Tredinnick* ｜澳大利亚｜ 诗人、散文家和写作教师

马蒂亚斯·波利蒂基 *Alfred Matthias Politycki* ｜德国｜ 小说家、散文家、诗人

中上纪 *Nakagami Nori* ｜日本｜ 小说家

彼得·西蒙·艾特曼 *Peter Simon Altmann* ｜奥地利｜ 戏剧家、电影导演、小说家、散文家、词作者

塔米姆·毛林 *Tamym Eduardo Maulen Munoz* ｜智利｜ 诗人

谷崎由依 *Nonaka Yui* ｜日本｜ 小说家、翻译家

兹德拉夫科·伊蒂莫娃 *Zdravka Vassileva Evtimova-Gueorguieva* ｜保加利亚｜ 小说家、翻译家

中外作家第二次研讨会
跨语际对话：人类命运共同体的文学面向

时　间：2019年4月19日（下午）
地　点：北京第二外国语学院求是楼
主持人：徐　可（鲁迅文学院副院长）

裴登峰

北二外文传院院长
中国古代文学教授

裴登峰 > 尊敬的吉狄马加主席，尊敬的各位嘉宾、各位学者，老师们、同学们，大家下午好！由鲁迅文学院、北京第二外国语学院共同主办的"跨语际对话：人类命运共同体的文学面向"第四届国际写作计划研讨会现在开始。

我先说明一下，我是北京第二外国语学院文化与传播学院院长裴登峰，我们校领导也很重视这个会议，原计划要出席这个会议，但是后来因为有重要事务，所以特意嘱咐我代表计金标校长问候和欢迎大家。

下面我按照外中宾客的顺序来介绍，为了把更多的时间留给讨论的环节，我把所有嘉宾介绍完以后大家一并鼓掌。

参加今天研讨会的外方嘉宾有：来自吉布提的切赫·瓦塔先生；来自罗马尼亚的多依娜·茹志缇女士；来自阿根廷的马里亚诺·特恩科里·布兰科先生；来自澳大利亚的马克·特里尼克先生；来自德国的马蒂亚斯·波利蒂基先生；来自日本的中上纪女士；来自奥地利的彼得·西蒙·艾特曼先生；来自智利的塔米姆·毛林先生；来自日本的谷崎由依女士；来自保加利亚的兹德拉夫科·伊蒂莫娃女士。

中方嘉宾有：中国作家协会党组成员、副主席、书记处书记，鲁迅文学院院长吉狄马加先生；鲁迅文学院副院长徐可先生；作家、翻译家，中国日本文学研究会副会长陈喜儒先生；著名作家、北京作家协会副主席、北京第二外国语学院客座教授宁肯先生；著名作家、《人民文学》杂志副主编徐则臣先生；英美文学翻译家、学者黄少政先生；鲁迅文学院办公室主任吴欣蔚女士；

北二外欧洲学院院长蒋璐教授；北二外欧洲学院李焰明教授；北二外研究生院副院长谢琼教授；北二外文化与传播学院李林荣教授；北二外日语学院张文颖教授；北二外欧洲学院副院长许传华副教授。以及北二外中外文学各专业师生列席约三十人。

下面有请中国作家协会党组成员、副主席、书记处书记，鲁迅文学院院长吉狄马加先生致辞，大家欢迎。

吉狄马加

中国作家协会副主席
鲁迅文学院院长

吉狄马加 > 各位朋友，我们今天非常高兴相聚在北京第二外国语学院开展这样一个具有特殊意义的跨语际对话会，首先我要向北京第二外国语学院，要向相关的承办单位表示感谢，同时也向今天出席这次研讨对话会的各位作家朋友、各位翻译家、各位学者表示热烈的欢迎。

今天我们研讨会的题目是"跨语际对话：人类命运共同体的文学面向"，我想，这个主题对当下具有一种特殊的意义。大家知道，现在人类正置身于全球化的背景，也可以说在这样一个全球化背景下，人类今天这样一种发展，各个民族、各个国家的依存关系更加紧密，虽然当下关于全球化或者说逆全球化有不同的看法，现在全世界很多国家也出现一些关于全球化和逆全球化的争论。我们当然也注意到在很多区域，特别是在一些国家，民粹主义，包括一些民族主义以及一些极端宗教主义的思想也在出现，今天这个世界并不安宁。

正是在这样的背景下，我们如何通过文学、通过跨语际的对话来深入地加强文学的交流，对于当下人类命运的发展，特别是更好地促进和平、促进人类进步、促进我们建设一个更加美好和谐的人类社会，具有很重要的意义。我相信今天这样一个跨语际的，涉及文学、文化、精神层面的对话会，会给我们带来很多特殊的启发。

更重要的是今天有很多来自国际写作计划的不同国家的诗人、小说家、翻译家，还有很多是文学批评家，今天参加这次会议的也有中国的一些当代重要的小说家、文学方面研究的专家，我相信大家围绕这样一个主题进行讨论会谈出很多独特的、有见地的见解，我们可以共同分享大家对于这样一个主题讨论的精彩思想，这是今天举办跨语际研讨会的一个初衷，也是我们开展这个对话的一个最重要的前提。

客观地说，与历史上任何一个阶段相比，今天的人类确实在一个全球化的背景下。我们如何真正地构建整体的人类命运共同体，是很多政治家们思考的问题，而我相信，文学、文化等精神层面的交流，对于所有生活在地球上的人都有这样的责任。

实际上，我们身在地球村之中。因为在今天的世界上，任何一个地方发生重大的事件，可能在很短的时间内全世界都会知道。另外，我们这个地球面临一些共同灾难的时候，我认为也不仅仅是一个区域的或局部的灾难，把它放大来看，也可以说是人类的灾难。正因为在更大的全球化的背景下，资本的流动也是一个不争的事实，而在贸易的分工、经济的分工越来越细的境况下，世界很多大国、经济体，在经贸上也出现了很多争论，当然这些争论需要进行对话加以解决。我想，在这样的时候，我们如何发挥精神的作用、文学的作用，对整个地球、整个世界来说尤为重要。今天的世界是一个高度被资本连接的世界、被信息所联系的世界，我们看到，今天的时代，既是资本的时代，也是数字化、信息化的时代，今天人类出现了新的技术创造，包括生物工程、智能工程，这些问题目前都在不断地成为人类当下面临的新的问题。

而这样一些发展，尤其是技术、科技的发展，令很多社会学家越来越感觉到它的两面性，一方面给人类提供了前所未有的物质发展，但同时物质的发展、科技的发展、逻辑技术、资本对人

类精神空间的挤压，包括今天所形成的政治局面，也让很多生活在这个时代的思想家、哲学家，包括作家、诗人，也都在共同思考这个命题。

我想，构建人类命运共同体，确实是个很重要的话题。在今天这样一个人类越来越紧密地相互依存的时代，通过文学，通过我们的精神创造，通过直接来自作家写作的沟通，更好地走进人的心灵，我想其目的是为了更好地为这个世界构建更加和谐、美好、人道的人类社会来贡献我们的智慧和力量。

每位作家、诗人都是有意义的存在，每个人都有他的思想。在当今这个社会生活中最为重要的是，我们不能将自己置身其外，我们既作为这个时代的人，同时也是这个时代的思想者。我们的对话和交流有助于在跨语际的对话中来表达我们对构建人类命运共同体的看法，从文学的角度来谈出我们的独到见解，形成共识。这种共识会对今天人类社会发展提供更多有价值的思想。

所以我希望今天的对话将是开放式的，我也希望今天的对话真正产生一些思想和精神上更高层次的交流，我也期许这次对话能形成一些成果，这个成果也将作为我们国际写作计划的精神成果，也要作为鲁迅文学院和北京第二外国语学院交流的成果。我先表达自己对于这个会议的美好的希望，也希望在接下来的交谈中听到大家精彩的发言，希望与大家共同分享见解和思想。

谢谢大家。

裴登峰 > 谢谢吉狄马加主席。下面由我代计金标校长宣读他的致辞。

尊敬的吉狄马加主席、徐可副院长，尊敬的各位作家、学者朋友、专家、老师们、同学们：

大家下午好！今天很高兴各位中外嘉宾相聚在北京第二外国语学院共同探讨人类命运共同体的文学面向这个重要而有意义的话题，首先请允许我代表北京第二外国语学院向十位专程来华参加第四届国际写作计划研讨会的外国嘉宾、向今天百忙之中莅临研讨会的各位作家、学者朋友们表示诚挚的欢迎，对研讨会的召开致以热烈的祝贺。

北京第二外国语学院是55年前新中国外交事业全面加速发展的关键时刻，在周总理的直接关怀下创办的一所具有光荣历史传统和鲜明特色的大学，当前在国家高等教育事业深化综合改革的大背景下，我校正在密切结合首都社会和教育发展的新要求，加大学科建设和科研投入，在26个语种专业和文学、管理学、经济学、法学、哲学的多学科基础上，积极致力于完善和发展跨文化国际交流学科群，全面参与首都国际交往中心和文化中心的建设。

近年来在中国作协、中国文联和北京文联、北京作协的关怀支持下，我校先后创立了首都地区高校与文联、作协共建的第一家驻校作家基地，全国第一家外语院校承建的中国文艺评论基地，通过这些平台我们凝聚了一些校内外优秀的文艺评论人才和著名作家，常年开展文学讲座、学术研讨和科研合作，给全校各院系、各学科，尤其是中外文学相关学科的师生带来前所未有的广阔成长平台，以及服务业界、服务社会的宝贵机遇。所以我衷心希望各位领导、专家和各位作家朋友们，今后继续关注北二外的发展。

最后预祝此次研讨会取得圆满成功，期待今后有更多机会邀请大家造访小而美的北二外。

谢谢大家。

下面是研讨会环节，主持重任转交给徐可副院长。

徐可

鲁迅文学院副院长

徐可 > 大家下午好，特别高兴见到大家。这次研讨会是我们写作计划在北京的第二场研讨会。我们的活动到现在也是渐入佳境，相信今天下午的研讨会也正如吉狄马加主席希望的那样，一定能够结出丰硕的成果。

我们今天研讨会的主题是"跨语际对话：人类命运共同体的文学面向"。我们会议主题是关于"对话"的，其实今天下午也是中外作家不同语境下的对话，所以我想还是采取开放的对话方式。

首先有请来自吉布提的作家切赫·瓦塔先生发言，大家欢迎。

切赫·瓦塔

Chehem Mohamed Watta
吉布提诗人
小说家

切赫·瓦塔 > 尊敬的吉狄马加主席，各位领导、各位同事、各位作家朋友们，还有尊敬的中方作家朋友，各位学生们，大家下午好。我的演讲用法语进行。

语言之间的对话：文学是否会加强人们的联系，进而分享共同的世界观？

第一部分：文学——走向世界之路

1. 当我承认自己是非洲人的时候，便是我走向世界的时候

当我承认自己是非洲人，特别是我走出我小小的、人力物力资源并不丰富的祖国时，我依然为自己是吉布提人而感到自豪（吉布提，一个位于我们大陆东方的小国家）。

为什么我经常有意识或无意识地抱有这种心理，当来自其他国家的作者把我称为非洲"他者"的代表时，我意识到了这种荒谬的知识分子式的表达方式的不妥当。因此，我有责任走近他人，与他人对话。语言和跨文化之间的对话问题对我的非洲身份具有重要意义或具有特殊性。

因此，对于拥有数百种语言的非洲大陆和以古老殖民地语言为载体进行书面"文学"表达和创作来说，要知道用哪种语言进行交流、分享甚至写作是非常艰难、非常复杂的一件事。

意识到这些困难后，我们必须将文学视为人类在不断发展进程中，与世界其他民族交流、分享知识和传播文化的方法之一，而不仅仅是期待非洲解决其自身的语言问题。

2．非洲跨文化与文学

事实上，如果不是在思想全球化交流的世界中，那么在表达原始或单一声音的非洲文学中，我是如何了解到"非洲跨文化"或者非洲文化多样性的呢？它是零散的碎片，通常在非洲以外的教育机构中，或者是我在这里或那里收集的其他文献中获取的有关非洲文学的"知识"。这使我与法国作家安托万·德·圣埃克絮佩里的这一思想不谋而合，"如果你和我不同，我的兄弟，这并不会伤害我，相反，你会丰富我。"

3．全球化和贸易国际化

在我们这个以全球化和贸易国际化为特征的时代，同时以原教旨主义，民族主义和种族中心主义的复兴为标志的时代，文化多样性的问题（这是语言之间或通过语言的对话的基础）被矛盾地指出，且往往带有消极的内涵。

实际上，有些人认为它是许多邪恶的来源之一，对它的态度从不容忍到通过拒绝他人进而对身份产生否定，最后上升至种族主义。在这种背景下，不同文化之间的交流是不可避免的。因此，文学是提出跨文化问题并找到适当答案的重要途径之一。

事实上，由于文学的普遍性及其在特定文化中根深蒂固的特点，文学是了解人类和世界的最有效的方式之一。Abdallah·Pretceille和Porcher将文学描述为"人性及其个人空间。它同时反映了现实和梦想，过去和现在，物质和经验"。作为一个具有象征意义的跨文化场所，它被认为是一门学习多样性和相异性的学科。

从那时起，我们就可以将文学文本视为认识他人和了解他人的媒介。通过阅读文学文本，我们的读者将会理解和探索更多的人物、情境和空间。此外，文学文本构成了一个实验室，使我们能够发现人类的共同点。这与黑格尔的观点不谋而合，他认为"他者就是那个'多亏了什么，我才开始与自己沟通'的人"。

4．语言和翻译：相互丰富的来源

不可否认的是，语言是向他人打开大门的关键钥匙，对于通过尊重文化多样性的对话来理解语言至关重要。语言是一种具有文化义务的标志体系，可以通过语言的转换实现文学作品的翻译。在多样性的碰撞中，翻译是否也可以看作是一种语言与文化的交汇呢？

文学翻译已成为与他人交流的途径之一，也真正成为两种或多种文化的丰富来源。 通过两种语言的内在联系，实现语言和文化之间的平等，翻译俨然成为促进跨语言和跨文化的重要工具。

此外，由于多元化的世界观，文学在最深层的文化背景中发挥着极为重要的沟通、分享和交流作用。

第二部分：现实与讨论

1. 如何将自己置于跨文化和多语言的角度？

想要与他人进行对话，必须做到互相交谈、相处、互相倾听、互相接纳和互相尊重。然后我们在一个或多种语言的问题上相互交流，进一步促进文学的交流与发展。我们可以通过与伟大、多产的中国作家吉狄马加的会面来解释多种语言对话的复杂性。

他把作品赠送给了今年春季受邀的一些作家，在用中文写成的作品上谨慎地题词，然后将译本赠给各位作者，包括德语、西班牙语、日语、俄语和法语版。他的所有书籍都被翻译成了英语，我们翻译了他的谈话、思考、评论或相关看法，从中文翻译成能被各自理解的其他语言。

2. 英语或语言的一致有必要吗？

这是一个奇怪的、对我们的作者具有约束力的跨文化和多语言对话，这也是一种限制性对话，因为它只缩减为一种语言：英语。我们对所有人之间使用的媒介语了解多少呢，这种语言被一个滔滔不绝的中国翻译人员打断了，用干涩的笑声和充满表情的手势来点缀、丰富他的句子？

我们仅仅是通过语言将思想传递给他人吗？这些手势、笑声、眼神，即这种超越语言的其他跨文化方面特征能引导我们进入非语言交流领域，又该怎么办呢？姿势、眼神、感叹、音调、笑声等可能会成为未来文学在数字革命时代充分运用的语言。

由于实际原因，实现"所有语言"间的交流是不可能的，如果我们想要交流和讨论我们的文学，想要打开将我们带入文学博爱、人类文明丰富的无限宇宙，事实证明，英语这一语言媒介是必要的，甚至是必不可少的。

3. 多元文化是否意味放弃我们自己的身份？

我们喜欢写作的语言是不是与我们睡觉和做梦的是同一种语言？我用法语写作，我不确定是不是也用这种既不是母系也不是父系的语言做梦，我只知道它自然而然地蹦到嘴边，尽管是不协调的表达但它就这样蹦出来了。这种借来的语言——法语——不会影响我作为一名作家的个性吗？通过放弃我的母语——非洲语言——作为一种写作和与他人交流的语言，我发现我在写作方面和我对非洲文学的反思方面确实提升不少 。

跨文化是否意味着放弃我们自身的身份？我们可以肯定地回答，因为为了达到跨文化的目的，我们将我们民族语言"自然"流露、传达的气味、颜色、文字和思想像摒弃我们祖先文化一样地摒弃了。我是一个矛盾地存在于多种语言对话中的人，由于我们非洲文化处于高级分解状态，民族语言趋于消失，因此我也逐渐失去自己本质的东西。

在我们后殖民时期的非洲社会中，在建立一种令人难以置信的模仿（前殖民者）的教育体系的过程中，民族语言被认为是统治精英失去权力的工具，或者是"文明国家"明显退步的表现。正如非洲历史学家约瑟夫·基·泽尔博所指出的那样："银色的金牛犊已经废除了昔日非洲人心目中象征社会体系中牢不可摧的钢筋水泥般的旧神灵。"

然而，我所努力成为的非洲作家必须把自己置身于这种情境之中，以了解当代世界，与他人共同建立一个相互尊重、相互对话和相互理解的世界。通过接受所有文化是平等的、没有高低贵贱之分，包括语言的使用也是如此，使这些交流成为可能，这也是文学的特征。

对他人开放与交流的过程中绝不能掩盖我这种双重文化人格的"悖论"，我尽可能经常地质疑自己："身为非洲人的我，在多大程度上有多少属于自己本身的非洲文化和多少所谓的法国文化呢？"

接下来是一个更大的问题："在经历了各民族文化的碰撞、发展和影响后，我自身到底是属于什么样的文化呢？"因此，我没有这样三重文化印记：祖先的影响、殖民主义的影响和"世界文化"的影响。正是在这三者之间，我将从现在开始（不受他们的影响）培养和提升我的写作，使我不是"一个必须这么写的人"，而是"一个想要怎么写的人"。在世界文学的发展过程中，发展和革命的话语权仍然掌握在最富有、最强大或最具掠夺性的人或国家的手中。

因此，如果我通过世界文学交流了解我将要了解的世界，如果我意识到我既没有意识形态也没有自己的美学，那么我将从全球化的旋风出发，继续向他人介绍、展示非洲，冒着掩盖自身的文化特点和越来越明显的非洲文化特色的巨大风险。

我确信并且肯定的是，我现在不会写、将来也不会写一些自我否定的诗歌或小说来证实或相信非洲的文化空白。 更确切地说，将非洲的文化价值观重新定位于广阔的全球运动中，在我看来，这种运动不应该使文化标准化，而应该保持其多样性，同时认识到需要尊重少数民族对文学的贡献。

正是以这些要求为代价，我们才能以可持续的方式继续发展，进行互相尊重的对话交流，使人类长期和谐共存，并在谋求全人类福祉的长征中不断前进。

徐可 > 谢谢。下面我们听听中国作家宁肯先生对这个问题怎么看。欢迎宁肯先生发言。

宁肯 > 非常荣幸与各国的同行就文学话题进行交流和分享。

前不久我接到邀请，参加捷克举办的一个国际书展。书展邀请了一些作家，我也很荣幸被邀请。书展要求每位参展的作家用一句话回答这个问题："对你来说，文学是什么？"看起来这是一个非常简单的问题，但认真回答起来却非常困难，甚至是几乎不可能的。

我脱口而出的回答是： "我作为一名作家，文学基本就是我的一切，我每天都在从事文学，都在创作，文学几乎占有我全部的时间。"但这样说是没有意义的，它只说明了一种状态，并没有回答文学是什么。当然，教科书上还有很多回答，这些回答包括文学是语言的艺术、文学是人学等等。

宁肯

著名作家
北京作家协会副主席
北二外客座教授

我大概想了两天，才体会这句话的深意。它包含了文学的普遍性问题，首先你要回答文学是什么。文学是什么？一定有一个共同的性质，就像我们今天的题目"人类命运共同体"，各个民族、各个国家对文学应该有一些共识，共同的观点。尽管它千差万别，带有不同民族、国家的特点，这些特点都不能成为文学共同的性质、共同遵守的规则。以小说写作为例：我是一个写小说的人，写小说需要共同遵守哪些原则？首先，我们共同认为小说应该有人物、故事、情节，当然现在还有一些非常新鲜的先锋概念，比如"反小说"也是小说，现代主义小说，通过对小说本身的解构又创造出另外的问题。对于更多的读者来说，大家共同接受的小说要有故事、情节、人物，要反映人的心灵，反映生活。这些是共通的。

文学在这个意义上成为了共同体。这个共同体和个人之间存在着什么样的关系？我这样回答他们：对我而言，文学是一把椅子，我每天必须坐在上面，与世界保持一种平等或对峙的关系。这反映了我与文学的关系，也反映我的日常状态，即我天天坐在椅子上写作。一位作家坐在椅子上写作的时候，他会进行思考，思考写作本身，思考他身处的现实和世界。当今世界和过去的世界非常不同，这是一个全球化的世界，当你注视屏幕，全世界都会向你涌来。我每天必须要坐在椅子上去思考我的现实以及世界。

那么，我和世界是一种什么关系？我觉得不应该是站着的关系，站着面向世界的姿态是俯视的、紧张的，甚至是批判或愤怒的。诗人大概更多的时候是站着面向世界。对于一个小说家来说，面对世界更应该是思考的、观察的、想象的，他的姿态应该是坐着的，"我"具有一定的客观性。这也是一种平等的关系，无论世界是怎样的状态，你的主体不要与之分开，你是存在者，你不因世界的混乱、战争、苦难、不公或愤怒而失去自我，世界与现实再强大，你也可以保持自己的独立性，这个独立性就是坐着的姿态。你不失掉自我，你只有思考，我思故我在，这些非常好地表明了作家和世界的平等的关系。

还有一个词，就是"对峙"。对峙不是对抗，对抗的关系更加简单。什么是对抗？对抗是你真的与某种事物纠缠在一起，就像两个人摔跤、拳击。而对峙是没有行动的，但是我不承认你、你也不承认我，我对你是审视的、观察的、思考的，甚至质疑的，却不完全是否定的，不是简单地我否定你，或者你否定我，或者世界把我吞噬了。对峙很大程度上意味着紧张的关系，它和平等还不完全一样。

这是我对作家和世界关系的看法。我想通过这样的问题，思考什么是文学，什么是我自己；作为一个作家，我和世界之间应该怎样关联。我想通过这样的关联，让写出来的文学作品在不同语言、民族、国家能够构成沟通和理解。

举个例子。我有一位朋友，是美国的汉学家、翻译家，他翻译了我的一部作品，我们之间有着非常深入的沟通。他在与我谈到文学的时候，也涉及了"文学是什么的"问题，他表达了一个非常重要的观点，他认为文学最重要的性质是沟通，是理解。而什么是可理解的呢？是一种共同性的事物。共同性的事物是什么？他说，我读你的小说，感觉到一个美国人可以通过中国作家宁肯的小说读到他自己，而不仅仅读到了中国社会、历史、现实，不仅仅知道了中国发生了什么、中国是怎样的。对他最重要的是什么？中国人在这样一种现实之下，他的情感、心理、行动，美国读者通过读这些东西感觉到：这也是我自己，我也有类似的心理感受，有相同的心理活动、情感活动、喜怒哀乐。

文学中有一个非常重要的词叫作"共鸣"，这也是我们阅读小说时的一个重要的体会。当我们读到一个细节，读到某种情境，忽然感到这与自己的经历非常相似，虽然具体的经历或许不同，但内心感受非常一样，好像他写的东西反映了我的经验，这就是共鸣。

文学作品中有这么多引人共鸣的东西，我们就更强烈地感受到这个世界是一体的。我读法国作家、吉布提作家、拉丁美洲作家的作品，读他们的作品，我忽然感到与他们的关系拉得非常近，我觉得我也是他、他也是我。这就是文学起到的作用，让我们感受到情感、心理、行为方式上是共通的。今天我们讨论文学的意义，我觉得这方面是非常重要的。

谢谢大家。

徐可 > 谢谢宁肯先生。下面有请罗马尼亚多依娜·茹志缇女士发言。

多依娜·茹志缇 > 我非常认同，也非常喜欢所有的发言人的观点，和我心里的想法非常相似，我也感到非常震撼。最重要的是要理解和沟通，在不同文化背景之下进行沟通，要去寻找我们有哪些共同之处，有哪些相同的背景，我觉得在这样一种境况之下，只运用语言沟通已经不足够了，而是从一些直接的经验中，比如我来到这里参与大家的对话——当然，这可能也会推动小说的诞生。

多依娜·茹志缇

Cornelia-Doina Rusti
罗马尼亚小说家
编剧

徐可 > 感谢多依娜·茹志缇女士的发言。我们现场也有北京第二外国语学院的几位老师，请罗马尼亚语系的系主任刘老师做一个呼应。

刘建荣 > 非常感谢多依娜·茹志缇教授的发言，我先介绍一下我自己，我是二外罗马尼亚语专业的老师，虽然我不是很了解罗马尼亚语文学，但我知道罗马尼亚有很多著名的文学家和诗人。我觉得，在文学的交流中，语言不是问题，有了文学这些共同的背景，不同的文化会碰撞出火花。谢谢大家。

徐可 > 谢谢。罗马尼亚语的外教有什么补充吗？

外教 > 我是来自于罗马尼亚语专业的一位外教。非常荣幸来到这里，一起讨论文学，今天的外籍嘉宾来自世界各地。我之前读过一些有关多依娜·茹志缇女士的评论，我知道她是一位非常优秀的罗马尼亚作家，她是享誉盛名的，可以说是最有代表性的罗马尼亚作家之一。

徐可 > 谢谢。下面请来自阿根廷的作家马里亚诺·特恩科里·布兰科先生发言。

马里亚诺·特恩科里·布兰科 > 我主要是由祖母带大的。当然，父母亲也起了作用。但他们工作太忙，主要还是祖母莱拉（Lila）把我拉扯抚养成人的。祖母出生在乌拉圭北部，与巴西接壤。莱拉讲的是一种口音很重的西班牙语，夹杂葡萄牙腔。我出生在一个没有书的工人阶级家庭。所以，我最早对文学的记忆就是没有书籍的。第一次在文学上唤醒我，是我的祖母莱拉向我母亲复述了一段肥皂剧的情节，由于某种原因，那天下午母亲没能看完。祖母不仅复述了肥皂剧中的一系列情节，还讲述了人物的思想，甚至我祖母认为就是剧中人物的思想。祖母很能讲故事，一集接一集，不疾不徐，甚至比原剧拉得更长。祖母的叙述能力，她与语言的奇怪关系，她的语言、表情，一口带口音的西班牙语，直到今天——这一切都支配着我的作品。

我对文学的第二个记忆来自一本书。上小学四年级，老师正在给我们读奥斯卡·王尔德的《坎特维尔的幽灵》。他念给我们听，奖励课堂上规规矩矩的我们。这本书的内容，我现在什么也想不起来了。再也没有读过。我只记得当时的阅读环境。老

马里亚诺·特恩科里·布兰科

Mariano Tenconi Blanco
阿根廷作家
剧作家
戏剧导演

师为我们朗读，使我们能够学会什么是文学想象。我的第一部文学作品就是从这个开始的，比方说，"阅读"。我命名为"格林尼治幽灵"，因为我知道它是英国的一个地方。我是在地理课上学到什么叫子午线的，我不敢把我的鬼魂带到另一个国家去。这本书大约有十二页，纸上有一个齐札诺Cinzano的标志，是我父亲当时工作的公司的司徽。我把这些散页订在一起，使它看起来像一本书。我只读了一本书（严格地说，没有一本像别人读给我听的那样），但我已经写了一本。这种阅读加写作是我今天仍在使用的写作方式。

这两个故事就是我写作的精髓。在两种情况下，某些模式都是重复的。首先，是二手叙述。我的祖母复述她所看到的，老师给我们读了一本书。其次，与语言的关系。我祖母的西班牙语夹杂着葡萄牙语，跟奥斯卡·王尔德从英语翻译成西班牙语有关。再次，这两种记忆最强烈的影响是场景：我的祖母在厨房里叙述，老师在教室里阅读。最后，场景造就了我成为一个戏剧家。

在我的前两部作品中扮演主角的女演员，有一种非常特殊的记台词的方法。她用不同颜色的大卡纸把课文抄了一遍。每种颜色分别表明她在某一时刻应该做什么。我曾见过其他演员为了学习而抄写剧本，但从未以如此艺术的方式。我觉得可以从她这里学到一些东西。这位女演员抄写一篇不是她自己写的东西，之后她会把它通读一遍，不仅要读，还要翻译。这些内容穿越她的身体、她的记忆，她就会赋予这篇文章一种个性，乃至有血有肉，她的脸、手臂、汗水、眼泪都赋予了剧中的角色。就像我祖母讲的故事一样；我仍然通过中介学习文学。

我出生在阿根廷，1816年阿根廷宣布独立。这是美国南面的一个国家。我们没有古老的文学传统。然而，豪尔赫·路易斯·博尔赫斯，阿根廷有史以来最伟大的作家，给我们留下了美好的遗产。1951年，一次会议题为"阿根廷作家和传统"，博尔赫斯这样说道："我相信我们阿根廷的文学也是西方文化的一部分，而且我也相信，我们比西方国家的人民更有资格享有这一传统。"他接着说："我们不能自我设限，要写就只写阿根廷：因为，做一个阿根廷人，这是一种不可避免的命运，在这种情况下，在任何情况下我们只能是阿根廷人。不然，阿根廷人这种身份就是一种装模作样，一个面具。"

因此，世界上所有的书籍都是阿根廷文学的一部分。从这种融合中，我也找到了扩展自己写作的方法。不仅世界上所有的书籍都是我写作的资源，而且任何文学体裁都是戏剧写作的原材料。没有什么比读书更让我喜欢的了，当我为了写作而读书时，我从来没有读得那么好。写作过程首先是一个阅读过程。我写作是为了阅读，阅读是为了写作。在这方面，虽然我读诗歌、散文、戏剧，但我首先读小说。在我对小说的热爱中，尤其是对叙事的热爱中，我发现了一些我认为有价值的假设，这些假设扩展了戏剧可能代表的范围，我将其暂时称为戏剧/小说。首先是对叙述的信心。不仅仅是因为故事本身的价值，而且是因为叙事让我发展出了戏剧的表现力。

例如：创造复杂的人物，不是基于心理因素，而是基于语言结构（就好像每个人物都是一个不同的语言世界，有它的美学和规则）。或者发展出大量惊人的戏剧场景，甚至把所有这些场景都转化为戏剧，然后思考如何把它们融合为一体，一个合乎情理的整体。任何程序都是关于如何叙述的假设。其次是时间的使用。一出戏应该演多久？一部戏剧可以包含的时间范围是什么？长时间生活在小说里的后果是什么？对男女演员有什么影响？对观众有什么影响？戏剧最有力的工具之一就是改变我们对时间的看法。能够看到生活是一个美好的梦想。去剧院看人生，看一生，看生老病死，一见钟情，情殇梦断。但这毕竟不是生活，这是虚构。小说的主旨就在于组织那些无法组织的东西，那就是生活。小说还要操纵那些不能被操纵的东西，那就是时间。

目前，在北京鲁院，我正在写一部戏剧，它是对我暂时称之为戏剧/小说的回应。英国对阿根廷的第一次入侵发生在1806年。当时阿根廷还是西班牙的殖民地。对英国侵略的英勇抵抗促成了1810年阿根廷的独立战争。我的剧本讲的是伯顿的故事，他是一位英国演员，1806年来到布宜诺斯艾利斯，在那里开了一家剧院。故事涉及禁忌之爱，戏中有戏，环环相扣，有战争场景、父命难违，还有鬼魂出现；这出戏也是对莎士比亚的致敬之作。但它也有一个主要的目的：通过文学来解释阿根廷为什么要独立。一个国家的诞生首先是文学的诞生。

戏剧与观众是直接相关的。如果没有观众，就没有表演。有很多方法可以考虑这种关系。许多阿根廷戏剧受到欧洲戏剧的影响。通常写的是中产阶级各种情事，道德败坏，而中产阶级

（尤其是欧洲的）偏偏喜欢去剧院挨骂。阿根廷的情况在经济上和美学上都是不同的。一个只有四百万居民的城市拥有世界上最多的书店和剧院。有一个与戏剧艺术紧密相连的传统：布宜诺斯艾利斯的剧院大厅总是座无虚席。故此，我选择了一条前卫与流行相结合的道路。所谓的戏剧/小说的写作项目，或任何与表演和舞台表演相关的实验研究，都不能脱离吸引观众。

要吸引观众，我发现幽默是关键。我的剧本通常写得非常有趣（我试着让它们变得有趣），我鼓励演员们把剧本中更多的幽默表现出来。这样一来，受欢迎的男女演员也被召唤出来了。幸运的是，我们的剧场已经发展成了欢笑不断的剧场。我喜欢我的剧本被演员、导演、学者和观众所喜爱。我喜欢想象我的祖母来看我的一部戏剧，并被感动了。也许艺术所引发的最终对话就是这样。不可能的对话。与乌托邦，与未来，与我们死去的人。文学创造了自己的阅读方式。阅读方式也是观察现实的方式。文学，像卡夫卡或博尔赫斯这样的大咖，改变了我们认识世界的方式。我喜欢戏剧。我也喜欢认为我只是简单地写作，这样我就可以继续与我的祖母莱拉对话。

（黄少政　译）

徐可 > 谢谢马里亚诺·特恩科里·布兰科先生的发言。

今天非常巧，与会的中外作家中有两位是曾经一起参加过爱荷华国际写作计划的同学。在知道切赫·瓦塔先生来华的消息之后，这位中国作家非常惊喜。所以今天特别邀请到中国的青年作家徐则臣先生来参加这个活动。下面有请《人民文学》副主编徐则臣发言，大家欢迎。

徐则臣 > 欢迎来自国外的各位作家，我真的是非常高兴，特别有亲切感，因为我在这里见到爱

徐则臣

著名作家
《人民文学》杂志副主编

荷华国际写作计划的同学切赫·瓦塔先生，我们已经九年没见了。在美国的时候我们经常在一起，去了很多地方，切赫·瓦塔先生是一位非常乐观、能让人开心的人，他一路拿着小草帽跳舞。有一次我与一位同样参加国际写作计划的韩国作家交流，我说，你还记得切赫·瓦塔先生吗？他想了半天说，哪位瓦塔先生？我说，就是一直在跳舞的那位。他突然想起来，说记得记得。真的是非常高兴，九年以后又见到了。

在我看来，所谓人类命运共同体，首先是人类情感的共同体，如果情感的共同体建立不起来，命运的共同体可能也不会建立起来。所以当我看到国际写作计划的国外作家的时候，首先要找一些共同点。我发现，除了切赫·瓦塔先生还有三位曾经参加过爱荷华国际写作计划的作家，虽然我不认识，之前也没有读过他们的作品，但是这样一个共同点让我们拉近了距离，我感觉到特别亲切。刚才罗马尼亚的这位老师谈到罗马尼亚文学，因为我去过罗马尼亚，我也有作品被翻译成罗马尼亚语，所以聊起来感觉特别好。还有阿根廷的那位先生，我也去过阿根廷，也有作品在那里出版。就因为这样一个一个非常个人化的、非常小的原因，我们相互之间能建立起非常好的关系。

所以我觉得，人类命运共同体或者说人类情感共同体的建立，首先需要交流。鲁迅文学院做这项活动，我觉得特别好。我们阅读很多大作家的作品，感受非常深，但是见面、建立某种联系以后，不仅对这位作家以及他的作品理解更深，对他所处的民族和文化也会有更深入的理解，这样建立起来的共同体才会更加牢固。

刚才宁肯先生说，我们的作品都在寻找共同的东西，在情感、艺术上能够通约的、普世的东西。很多年里，很多国家的文学可能都在考虑这个问题：在一个全球化的时代，面对强大的欧美文学，其他国家和地区的相对弱势、边缘的文学，如果想融入国际社会、变成世界文学的一部分，就会考虑，我们如何与他们一样？这就是为了所谓的"同"。这个"同"在一定程度上已不同于所谓普世的东西，有了更多趋同，思考的是我如何跟别人一样、跟上去。但是现在全球化来了，所谓全球化的时代，这种交流更加密切，很多作家来到中国，中国很多作家到国外去，相互之间交流多了以后，我们的文化自信提高了以后，我们发现另外一个问题：我们固然需要通约的、共同的、普世的东西，我们跟大家一样，要共情、要同感，但我们也会慢慢发现，这样一个全球化的过程其实是在取消某种特性，这样一个时代，这个世界变得透明、变得趋同，这时候文学的价值是什么？文学存在的意义是什么？

我们今天也许到了开始强调或寻找差异的时代。中国的作家与日本的作家，我们同属于东方文化，我们之间的区别是什么？一个欧美的读者，既愿意看中国文学，又愿意看日本文学，他要看的是什么？除了看到中国和日本文学中与他们相通的部分，他们可能更愿意看到与他们不同的部分。这部分可能就是差异的那部分。而在很长时间，我们的文学忽略了这个问题，我们尽可能追求最大公约数。在我看来，文学就是一个分数，二分之一与三分之一、四分之一之间的区别在哪里？区别不在分子，而在分母。只有分母"2"和"3""4"相互区别，三个分数才能相互区别，才能成为它自己。

这些年我读了很多外国文学作品，去了很多国家，也与很多外国作家交流过，我逐渐想明白另外一个问题，就是我们应该找到各自的差异性。当然，这个差异性并不是稀奇古怪的、大家不能接受的差异性，而是根植于我们的民族传统、民族文化、民族性格里面的一些东西。有一次在美国，我给大家讲《红楼梦》，一个美国学者站起来跟我说，对不起，我不觉得《红楼梦》是一部伟大的作品。我说为什么？他说，我看不懂，如果在美国一个女孩喜欢一个男孩，她会直接跟他说我爱你，或者说她会写一个纸条直接给他，如果自己觉得这样还不好意思，就托同学转给他。所以他不能理解《红楼梦》里林黛玉喜欢贾宝玉为什么就是不说，而是一直在哭、一直哭，最后把自己给哭死了。这是一种文化差异，当时我就想，我们是不是的确需要解决这个问题，让一个主人公与另一个主人公相遇，用大家都能接受的方式？但是，后来我发现，这些不同恰恰是中国文化里非常珍贵的东西，就是那种隐忍的、那种丰富的内心活动。如果一个年轻人，一个女孩见到一个男孩，也是直直地、不会脑筋急转弯地扑上去，美国的读者也许觉得，美国文学有这样的模式就够了，我为什么还要看中国的小说呢？或许未来全球化程度越来越高，我们的文化无限趋同，最后剩下的那部分作家，恰恰是有自身特点的作家。

比如诗歌。作为中国读者，我读中文诗歌，有很多诗人我都特别喜欢。每次看到吉狄马加主席的诗歌的时候，我都会认真读，为什么？因为他的作品中有一些彝族的因素，而很多汉族作家的表达方式、情感方式，对我来说是很熟悉的，而彝族的文化对我来说是相对陌生的，我更看重这些。

所以我想，把一个国家内部多民族的文化差异性推而广之置于整个世界，我想，差异性在现在和很多年以后，可能都是我们要认真思考的问题。当然，这个差异性并不是要刻意与别人区别开来，非要稀奇古怪、标新立异，而是这些东西本身就是根植于我们骨子里面，我们把这些东西呈现出来，也不去曲解它，这些在文学上可能有非常重要的价值。在这个意义上来说，所谓人类命运共同体，我想它首先应该是情感的共同体，而情感的共同体既建立在共同的基础之上，也建立在差异的基础之上。

谢谢。

徐可 > 谢谢徐则臣先生。下面有请来自德国的马蒂亚斯·波利蒂基先生发言。

马蒂亚斯·波利蒂基 > 全球化世界，文学能做什么？不能做什么？

在许多国际诗歌节开幕式的欢迎致辞中，文学被欣然赋予了跨越国界、凝聚人心的角色。但实际情况是怎样的呢？在文学作品中，哪些边界是被跨越的，到底是什么把人心凝聚起来了？

马蒂亚斯·波利蒂基

Alfred Matthias Politycki
德国小说家
散文家
诗人

在2019年4月的泸州国际诗酒大会上，威尔士诗人格林用威尔士语朗诵了一首诗歌。我一个字也没听懂；虽然我认出了韵律和节奏——至少！当我读到我的诗《空杯子》时，如果中国观众不是在打电话或发微信短信，他们会理解什么？里面没有押韵；对于自由诗来说，节奏比古典诗歌更难把握。"空杯子"指的是当晚最后一个独自在巴伐利亚酒吧喝酒的人。他周围的椅子已经摆好放在桌子上，准备打烊，但他仍然没有离开座位。难道他不想离去是因为在家里比在这里更孤独吗？

把这种情况翻译成英语已经造成了一些问题：在一家英国酒吧里，到了晚上，椅子不会放在桌子上；我的翻译在搜索一张能概括酒吧气氛的照片，这张照片是在"最后的订单"被点完之后拍的。我在泸州读出后，马里亚诺·特恩科里·布兰科自发地把这首诗翻译成了西班牙语。如果阿根廷读者想读懂这首诗，他不仅想读，而且必须读。

如果你抓住了诗歌的基本思想，你就会发现在不同的日常文化中，诗歌内容的某些方面都有可能发生转变，我对此深信不疑。如果译者本身是诗人，他也会通过改变节奏、插入停顿、缩短或重组句子来进行诗歌转换，简而言之，就是重新创作一首诗歌。跨越单个民族文学的边界，进入集体的世界文学，当翻译行为带着敬爱之心，并考虑到原初相当特定的文化背景重新加工时，总是成功的。是的，爱在翻译中起着不小的作用；仅有词汇和语法知识是不够的。

好运和特例就讲到这里。一般来说，至少在我的生活中，事情看起来大不相同。我的一位英语朋友能说一口流利的德语，他先读了我的德语中篇小说，然后又读了英文版。这部由最杰出的英语译者之一翻译的、受到英国评论家称赞的作品，让他非常失望：它不再是"我"，不再是"我"的叙述风格，不再是"我"的书。在英文版本中，声音是完全不同的，甚至我都能注意到。它缺乏轻微的讽刺意味，因为它仍然漂浮在德语原文最悲伤的段落之上，并赋予文本稳定性——文本的氛围。只有情节被翻译出来了。

我的大多数作品根本没有翻译过，即使总有人向我表达意向。我的书实在是太厚了，而且它们的语言与"塔格斯州德语"（即没有任何正式野心的官方新闻广播语言）相距甚远。正因为文本已经找到了自己的语言，所以翻译出来的东西几乎总是太复杂，太昂贵。

我不得不略带嫉妒地认识到，在全球化的世界市场上，复杂的文学作品很难立足，因为它甚至无法触及市场。资本主义，即使在文化领域，也只不过是掠夺性的竞争，在大多数语言和各自相关的文学作品的情况下，都是它们灭绝的前兆。当然也有例外，但这并没有让事情变得更好。除了那些臭名昭著的畅销书，它们的语言也同样简单，书籍的翻译主要是靠情节，而不是句子的气息和隐藏的深层结构。

还有一件事也很麻烦：当我带着这本中篇小说在英国展开一次朗读之旅时，所到之地，都把我介绍为"非德国人"。当然，从一个英国人的嘴里，这句话的意思是赞美。在英国，德国文学过去和现在都被认为是深奥、难懂和枯燥的。这种风格的德国文学确实存在。但多年来，情况有了变化，出现了非常有趣和可读的文学。事实上，我也是一个相当典型的德国人。但是这个世界坚持自己的偏见，甚至是文学世界。无论是作为一个文学人物还是作为一个作家，西班牙人必须是热情的，而德国人必须是乏味的。至少，英语出版商经常拒绝不同的书籍翻译，理由是我的文本"不够德语"——同时，赞美也是一个隐藏的指示，如果我想让我的书被翻译，下一次我应该满足传统的期望。

这就是德国当代文学在国外，而不仅仅是在英国，被高度扭曲的形象是如何产生的缘由。作为一名德国读者，我敢肯定，一个人很少能从德语翻译中获得最有趣的外国文本——或者仅仅在它们出版几十年后。相反，更常见的情况是，您的文本已经是为全球化市场编写的了，当然也可以通过混合使用少量文本——但实际上只是少量文本！——具有区域性质。换句话说，当一个人在国外培养一种陈词滥调的文风，或者，写出更聪明的文本，与这种陈词滥调相反的是：失去仿效一个沉默的意大利督察，或一个禁欲的俄罗斯督察的样子。面向高级读者，进行真正富于创意的写作。

我的一个大学朋友习惯说一句话："次优胜者通过。"他本可以走得更远，撑一撑达尔文：甚至次优都很难胜出，而是适应能力最强的。然而，多年来，我朋友的说法经常被证明是正确的，无论是关于政治选择，还是选择翻译项目。狭义上的当代文学——亚马逊将其描述为"文学小说"，就像对感兴趣的买家发出的警告（即"当心，有挑战性！"）——要么翻译得很糟糕，要么根本没有翻译。如今，真正的跨文化融合发生在社交媒体Netflix和iTunes上，或者发生在某些"有影响力的人"的帖子上，或者发生在油管(YouTube)视频网站上，这些视频都是特意为全世界的大众观众制作的。因为我们消费了所有这些东西，我们自己明显地变成了全球人，很快就会完全忘记自己的地域根源，也将不再理解我刚才如此直言不讳地抱怨什么。也许这就是世界的方式——几千年来，那些文化上较弱的人不断被标准化，直到他们最终分散到世界公民的世界社区中，我不应该抱怨。

毕竟，我被翻译的时候，不像我的许多德国同事那样幸运。但全球化现在已经对我这个作家产生了影响。我的编辑用每一篇新稿子警告我，不要提及文学史，也不要开玩笑地使用"过时"的词汇，因为现在已经没有人再懂这些东西了。他是对的。最近，我想在汉堡的一家书店订购歌德的一本书，我不得不拼出作者的名字；这位书商肯定读过丹·布朗(Dan Brown)或保罗·科埃略(Paolo Coelho)的所有作品，但她竟然没有听说过这位德国最著名作家的名字。该如何让我这样的人——例如，不再引用《浮士德》中一些被以讹传讹的语录，和酒吧里最后两位客人争辩，直接插科打诨，引用一些老生常谈，打发有点文化的读者——如此一来，像我这样档次的作家干脆就别指望叫别人来猜谜，弄懂我真有这么麻烦？

我别无选择；我必须变得更简单。在某种程度上，我实际上更简单了，至少表面上是这样。可能，表面上的简单只不过是一种更高形式的复杂性，我可以满足。

但我没有这么容易被打发。我心急如焚坐视我们古老的文化社会在无情地解体。全球化首先通过流行文化，然后通过音乐文化，现在又通过Netflix文化，已经使几乎所有的文化技术边缘化，直到几年前，这些技术还保证了未来几代人的社会凝聚力。诗歌在起带头作用！当我在阅读中宣布我要读诗时，听众中有几个人看起来很吃惊。他们想从文学中得到乐趣，首先他们必须再次认识到，在诗歌中，你面对的是你自己的生活。因为观众已经在那里了，他们参与其中，事实上，它总是变成一个愉快的夜晚。然而，出席我的小说朗读会的人，只有一小部分来参加我的诗歌朗读会；我在国外也经历过诗歌节，甚至没有邀请观众：在紧闭的门扉后面，这些国际社会的失败人士相遇并相互保证，他们的诗歌激励着人们在对话中跨越国界。然而，除了他们，没有人参与谈话。

诗歌，这一曾经风靡的世界文化样式，在各地的营火旁吟唱，后来在每一个宫廷里朗诵，最后在每一个文明的家庭里吟诵，已经退化为一种niche文化。然而，由于我固执地认为，一个作家不应该只为他的同龄人写作，我找到了跨越文化边界的自己的方式：首先，也是最重要的，我是作为一个旅行者这样做的。然而，当我把我所能想象到的所有国家的诗歌带回给我的读者时，它们也在不同的阶段进入了广阔的世界。幸运的是，经过更仔细的观察，这些世界只是在热点地区才全球化了，否则就被划分为区域点，因此仍然是多样化的。

旅行时，爱情也扮演着不可低估的角色；基本上，仅仅在旅游景点周围跋涉是不够的，超越感知的边界，因此也超越文学传播的边界。作为一个热爱外国文化的人，我坚持自己的世界观：我不相信只有一个世界，只有一种人类，也不相信各自的全球化的世界文化。我相信不同文化的并行共存，我认为这正是世界的丰富之处。如果我们只读翻译书籍，并不一定就能获得全部的丰富，那么作为作家，我们可以把现实转化为我们的作品。面对全球化的文化产业，文学可能越来越无力；然而，作家仍然不为所动，他在各边境口岸的游动，仍然葆有力量，把他所珍爱的一切，传递给世人，对抗时间的流逝，至少在他的书中。

（黄少政 译）

徐可 > 谢谢马蒂亚斯·波利蒂基先生。下面请来自北二外欧洲学院的谢琼教授发言。

谢琼 > 关于马蒂亚斯·波利蒂基先生和彼得·西蒙·艾特曼先生，我带研究生做了一些前期的准备工作，关于他们的生平和创作理念，我们做了一点了解。马蒂亚斯·波利蒂基先生刚才提到可疑性的问题，他主张"快乐文学"；他也提到德语文学给人的一般印象是乏味的，和德国人一样乏味。其实在我学习德语的过程中，认识了许多貌似乏味、实则内心有趣的人物。就好像吃一样东西有助于身体健康，但你先把它吃下去。

我想把机会让给我的学生，让他们提出问题。看看新生代的学生，有谁向马蒂亚斯·波利蒂基提问？

谢琼

北二外研究生院副院长
欧洲学院德语教授

学生 > 我想问马蒂亚斯·波利蒂基先生，这是您第几次来到中国？

马蒂亚斯·波利蒂基 > 第六次。

学生 > 马蒂亚斯·波利蒂基先生在北大的一场演讲上强调文学要有可读性，认为文学的意义不仅仅为了作家自己，还要为读者服务。我想问的是，马蒂亚斯·波利蒂基先生如何认为作家主体性和面对读者的可读性，两者应当怎样平衡？

马蒂亚斯·波利蒂基 > 有些时候我们说作家为自己而写。我一开始这样讲时，有一些作家支持，也有一些作家持有不同的观点。我非常关注自己的同行作家，甚至有时为此完全忽略普通读者，那时我已经忘记我是一名作家，也忘记了作家是需要读者的，我觉得有读者是一种馈赠。直到有一天，当你找到自己的读者，如果你感到孤独或是悲伤，就会想起这些远处的朋友的存在——当然你还可以喝酒、购物或是做很多事——然后你开始写作，成为一个作家就再也不会孤独了。当我产生了这个想法，我就改变了自己的写作方式，我仍然还想写复杂的作品，也想向他人展示自己的作品，但我发现作品首先必须是可读的、快乐的，而不是当成一个任务去完成。我希望读完一本书之后有焕然一新的感觉。比如一个工人干了一天活，他回到家里读书，感受到这种愉快，就是非常好的事情。所以我也希望作家们能够接受这个观点，因为这是我们的工作。

徐可 > 谢谢这位同学的提问和马蒂亚斯·波利蒂基先生精彩的回答。下面有请来自日本的中上纪女士发言。

中上纪 > 驾驶文字构造而成的小船行驶在文学的海洋之上

中上纪

Nakagami Nori
日本小说家

窗边的小树叶子一点一点地长。它们似乎与附近幼儿园孩子们的声音同步。还是我内心的声音？自从我和来自世界各地的其他九位作家一起来到鲁迅文学院驻会，我的心里就像长出了一片片嫩叶。

我用日语写小说，但我成长的环境并不是典型的日本环境。年轻时我在多种族的美国的生活体验对我影响很大。如果我一直生活在日本，我就不会遇到来自不同地方的人，呼吸着同样的空气，这让我感觉自己来自亚洲的一个小国。但亚洲是世界的一部分。或者说，亚洲就是世界。

当我在美国找到真实的自我时，写作开始了。当时我在夏威夷大学念书，参加了一个访问东南亚的学习项目。当我访问泰国北部的清迈时，我遇到了这个来自一个叫作阿卡村的山地部落（Akha hill tribe）的年轻人。他说一口流利的英语。我正在诧异，他回答说："我就是我——阿卡。"我被他的话感动了。他的母语是阿卡语。对他来说，泰国语就像一门外语。但他必须学会生活。因为有这样的背景，他习惯于学习其他语言。通过学习英语，他可能不经意意识到可以走出他的村庄，与世界联系起来。

就我而言，我成长的环境是多语语言，相比我的同学的家庭。我曾在国外生活过。我也在农村住过，那里人们操不同的方言。我有亲戚嫁给了外国人。但直到我遇到那个阿卡人的那一刻，我真的什么都不知道。我只是一个女孩，在神秘的海洋里漂流在木筏上。

这一刻，我意识到，像这个年轻人一样，我应该决定自己这一生该走什么样的路。

那一刻，我开始想要写作。所以我开始写作。当然，他是我第一个故事里的主角。

二十年过去了。现在我以小说家的身份写作，同时抚养着一半是日本人，一半来自其他国家的孩子。是的，我现在的工作显示出我的多元文化生活对我的影响很大。我应该说，这也是当代日本生活方式的一部分。

在今天的日本，人们不仅使用日语。在这个国家的外国人的数量正在增加。不仅仅来自旅游业，尤其是在奥运会之前，还有许多学生、商人和他们的家人。外国实习生。有的有签证，有的没有签证。当然还有过去和现在的移民。

我每天都能听到住在日本的外国人的消息。有好消息也有坏消息。有些令人悲伤或愤怒，比如发生在移民局外国拘留中心种种可怕的故事，或者针对移民的不可原谅的仇恨言论。我关心这些问题，就像我关心其他家庭问题一样，比如虐待儿童、性骚扰、暴力、校园欺凌导致的自杀、养老院对老年人的虐待等等。作家能做什么？这个问题总是浮现在我的脑海中。

我的名字"Nori"来自我父亲的家乡纪州。但我的名字也意味着"记录"。要将受欺压之人的言语记录下来。那些被忽视的人的声音。和全世界分享这些见证。这就是文学的作用。我开始意识到我可能天生就是一个作家。

过去，日本作家只在日本写作，而且只用日语。最近，这种情况开始改变。有一些日本作家是用外语写作的，或者是在国外写作的，或者两者兼而有之。我认为这样的作家的数量将来会增加。此外，现在有更多的作家用日语创作作品，即使他们的母语不是日语。

我不认为我属于这一类作家。事实上，我并不喜欢被归类。我生活的地方变成了"故事"发生的地方。无论我使用什么语言，我都能找到自己的语言来创作我的作品。

现在，我们有互联网交流，互联网成了我们的通用语言。当然，现在还有电话。在我的短篇小说*The Phone Call* 中，一个电话突然从主人公的父亲那里打了过来，就像从天而降一样。这让主角出乎意料地想到了母亲的哭泣。然而，互联网并不是凭空出现的。在我们今天的社会中，它总是与我们同在。我们像呼吸一样使用社交媒体。有了这些现代化的工具，我们可以立即与任何人建立联系，甚至是与过去曾经相爱的人。

在我的新小说《长鼻子妖精巡游记》中，我用社交媒体把主角和过去联系起来。在脸书上发布了几张大海的照片后，主角发现自己和她几乎没有见过面的表妹有了联系。这个表妹是主角父亲同父异母妹妹的孩子。表妹写信给她，告诉她她们祖母的故事。主人公听到了生活在很久以前的女人的声音，她们被命运抛来抛去。她意识到这些声音一直留存在她的血液中。

我正在写的新小说也是关于过去和现在血缘关系的联系。然而，小说中没有出现互联网。大自然取代了互联网。

现在我再一次凭窗，望见鲁院院内的景致。我听到风吹动时，树叶发出的唰唰声。我听到了词语发出的声音。在我心中触发了一个新的故事。我就在这艘由我所听到和选择的文字编织而成的船上，在文学的海洋上航行。

（黄少政 译）

徐可 > 谢谢。下面请中国著名作家、翻译家陈喜儒先生发言。陈喜儒先生也是日本文学研究专家，对中上纪女士的父亲的作品非常了解，掌声有请。

陈喜儒 > 我先给大家讲一个故事，这个故事的主人公就在现场。我有一个日本作家朋友对我说，小说家是出卖谎言的人。这包含两方面，第一，谎言可以虚构；第二，得卖出去，小说要好看。我这个故事能不能卖出去不知道，但是肯定好看。

二三十年前，我带一个外国作家代表团到四川成都，那里有中国作家协会四川分会，当时四川作家协会出面接待我的是一个秘书长，他二十几岁，很年轻。我们每天活动结束的时候，他就到我房间来聊天。他都跟我聊些什么呢？谈当代日本文学，谈川端康成、三岛由纪夫、芥川龙之介，当时我感到很惊讶。我学的是日本文学，我翻译的是当代日本文学作家的作品，出版过三十几本日本当代文学小说、散文，他居然能和我谈当代日本文学，而且谈得头头是道，我感到很惊讶。

陈喜儒

作家
翻译家
中国日本文学研究会副会长

他有一个习惯：非常喜欢买书。在四川旅行的时候，几乎见一个书店他就进去买喜欢的书。读书人都喜欢买书，我也受他的影响，买了一堆书。后来我到饭店的时候想，自己这是何苦呢？这些书北京都有，我犯不着到四川买这么多。但是当时觉得这个青年人有世界的眼光，谈起当代世界各国作家的作品、诺贝尔文学奖作家的作品时，他非常熟悉。研究外国文学的人都知道，一个研究者对某一个国家的作家很熟悉，某一个国家得诺贝尔文学奖的作家我们熟悉，但是对整个世界，对世界各国得诺贝尔文学奖的作家，他都能够如数家珍，这让我非常惊讶。当时我认为这个青年人不得了，他会前途无量，因为他有世界的眼光、世界的胸怀，任何一个有出息、有影响的作家，必须具备这样的才能。

这个人是谁？就是吉狄马加，他的作品被翻译成三十多种语言，外国出版他的作品大概几十种。当时我觉得这个年轻人不得了，时间证明我没有看错。这是第一个故事。

再讲第二个故事，因为我做外事工作，一辈子和外国作家打交道。我的专业是日本文学，我又是中国作家协会对外联络部组织亚非拉工作交流的主要负责人之一，长期接触外国作家，长期做中日交流，我有一些想法，怎样使中国和日本这两个一衣带水的国家在文化交流、文艺交流上，随着形势的发展使大家都能获益？我动了很多脑筋，想了很多办法。

第一个方式，我们选派一些年轻的、产量高的、声誉好的作家，三五人到日本去，两个月或三个月，住在日本的普通人家里，体验日本人的喜怒哀乐，考察日本人在想什么，他们的生活水平是怎样的，然后用作家的眼睛和笔触为中国读者讲述一个真实的日本。我们用这个方式做了五期，出了十一本书，这些书在中日文化交流中起到很好的作用，使我们在国门刚刚打开的时候对日本有了一个全新的、真实的了解。

另一个方式，我们邀请日本的著名的翻译家到中国来，和中国作家面对面交流，使他们了解中国作家在写什么，中国作家关心的问题是什么，这样就能缩短彼此之间的距离，使他们能及时地把代表中国当代文学的作品介绍到日本。实践证明效果很好。

现在我们花很大力气把中国当代文学介绍到国外去，其实这件事情我们很早就做了，那个时候我们没钱，花不起那么多钱到国外请翻译出版，当时有一位日本的大作家叫野间宏，他在日本战后文学史上享有盛誉，对中国人非常友好，我们请野间宏先生牵头，把两部分人团结起来，一边是日本一流的翻译家，一边是日本一流的作家，由翻译家们选定作品，由作家们讨论，最后由日本著名作家定稿，这样就提高了翻译水平。当时做了一个计划，准备出版中国当代文学五十卷，实际上出版了十卷，包括王蒙、古华、莫言等人的作品。因为野间宏先生影响很大，无论是翻译家还是作家都买他的账。但很遗憾他1992年病故，没有第二个人牵头，这个计划就没有完成。

当时中日之间的交流很多，作家们来了之后都是友好干杯，时间长了大家就烦了，怎样随着形势的发展使交流不断向前推进和深入呢？当时想了一个办法：在日本的作家们到来之前，请他们选自己认为得意的作品，由我来看一遍，选出来我认为在中国可以译介的作品，请翻译家们把它翻译出来，在中国的《外国文学》杂志和《世界文学》杂志发表，等他们来到中国的时候，参加座谈会的中国作家每人手里一册，这样可以形成一种面对面的作家同行之间的交流，比如某篇小说的人物、情节应该怎么样发展，大家产生了不同意见。日本作家们恐怕没有这样面对面的对翻译家、对作家同行谈自己作品的机会，所以效果非常好。这样的方式在日中文化交流史上是一个伟大的发明和创造，因为以前从来没有这样做过。

有一年黑井千次先生率领代表团来中国访问的时候，我选了他的一些代表作，但是后来我又看他的一个小册子，有十篇小说，都很短，每篇大概一千字，我觉得很好，但不是他的代表作，也没有在《外国文学》上发表，而是收到《世界文学》。这十篇小说加起来才一万字，发表之后影响非常好。里面有一篇《小偷的留言》，一个小偷到别人家偷东西，看到屋子里太脏，鞋、袜子扔得满地都是，桌子上摆着吃的饭盒、筷子、碗，这个小偷觉得太脏了，偷的心情都没有了，就说，我来收拾收拾吧。这个小偷把屋子收拾了，把厨房的碗洗了，却没有时间再偷东西，只写了一个字条说，你这日子过得太不像样，我连偷的心情都没有了，你以后要过得好一点。过了一些日子，那个小偷又到这家来了，这个主人也给他留一个字条，说，欢迎你再次光临一个丢了老婆的人家。

还有一篇是《幸福的夜晚》，有一个人夜里两三点钟打电话说，你的孩子被我绑架了，你马上给我送钱来。那个人醒来一看，孩子睡在我旁边，怎么被你绑架了？他跟他老婆说来了一个电话，说孩子被绑架了，让我送钱。他老婆说，你孩子就在这，根本没有绑架，他这是敲诈你，你不要送钱。后来他想了想说，我还是给他送去吧，钱也不多，就五千日元，这样买个幸福、买个平安不是挺好吗？就这样，他把钱交给那个人，那个人对他说，你用五千日元买个安逸、买个幸福多便宜啊。他也乐滋滋地回来了。这个小说到这里完了。

这几篇小小说不是黑井先生的代表作，但是发表之后影响非常之大。冰心老人家有一次给我打电话说，你翻译的这个小说我看了，写得干净，写得漂亮。铁凝主席——那时候还不是主席——非常欣赏《小偷的留言》，她到苏州大学讲演的时候也提到这篇小说。还有王蒙先生特别欣赏《幸福的夜晚》，他说这种心态在我的老师和同学之间都有，他写得太深刻了。我说，你写篇评论吧。他说好，很快写了一篇两千字的评论，在香港《文汇报》读书栏目发表。

我想说什么呢？我们跨语言的文学，翻译很重要，我们把一种语言变成另外一种语言，才能传达我们的感情、我们的思想，使我们的灵魂发生交流、碰撞。我觉得今天这个题目非常精彩，"跨语际对话：人类命运共同体的文学面向"，这是一个大题目，今后有机会希望能够进一步思考这个问题。不管如何，文学总是追求真善美的，总是家国天下的，人类命运共同体这个概念、这个理念是我们追求的。谢谢大家。

徐可 > 谢谢陈喜儒老师的精彩发言。下面请来自奥地利的作家彼得·西蒙·艾特曼先生发言。

彼得·西蒙·艾特曼 > 他者

彼得·西蒙·艾特曼

Peter Simon Altmann
奥地利戏剧家
电影导演
小说家
散文家
词作者

我已经出版了几本关于东亚艺术和文化的书。我在日本和韩国生活了较长时间，会说日语和一点韩语，对东亚文化有着浓厚的兴趣。

在我的一百八十页的小说《符号捕手》（托·穆勒出版社，2006）中，主人公是一位汉字专家，叙述他需要我在德语文本中插入汉字。

在我的下一部小说《海归》（洛林出版社，2012）中，我不仅写到了外国人，也试图处理语言差异带来的影响。主人公是一位日文翻译家，他把日本作家国木田独步的作品翻译成德语，在这个过程中思考东西方文化的差异。东亚绘画透视自古以来就有不同的观念，这一点在古典水墨画中表现得尤为明显，自文艺复兴以来，古典水墨画习惯散点透视，而不是欧洲绘画所熟悉的焦点透视。在韩国和日本逗留多年，他回到了他的家乡奥地利的萨尔茨堡。他遭遇了个人危机，这也是一种认知危机。对于亚洲读者来说，译者和一个韩国女友拍拖可能会很有趣。那位韩国女性的父母绝不接受女儿和一位年长的外国人谈恋爱，这是一种禁忌之爱，其间曲曲折折，少不了风波四起，反映了现代韩国社会风俗的变化。

我的短篇小说集《夏末》（洛林出版社，2013）中有两个故事，发生在韩国首都首尔，和2017年我发表的小说《第二眼》（洛林出版社，2017）写的是日本哲学家九鬼周造曾追随、研究德国哲学家海德格尔的故事。

虽然我没有写过东亚的专门书籍或学术论文，但我小说中涉及的学术背景对我来说很重要。过去的两年，我一直在读法国医生和作家维克多·塞格林的书。塞格林1909年至1914年在中国生活，1917年又短暂地在中国生活了一段时间，写了几本关于中国的书。其中两本书写到了北京。塞格林的题材虽然不是很广泛，但是比较难懂。博尔赫斯（Jorge Luis Borges）曾经说过，一个人可以在一个月内读完塞格林的全部作品，但要理解它需要半个人生。我想用接下来的几年时间，游走欧洲和亚洲之间，仔细研究他者这个概念，这一点塞格林在他的著作《多样性美学》中有很好的阐述。

两年前我在上海逗留期间，开始一本新书的初稿的写作。主角是雅各布·瓦尔兹（Jakob Waltz），他从法兰克福出发前往中国寻找他的他者。与后来的哲学家伊曼纽尔·列维纳斯（Emmanuel Levinas）一样，维克多·塞格林（Victor Segalen）认为，异国情调不是一种改编，也不是对一个人可以接受的非自我（Nicht-Ich）的完美理解，而是对一种永恒的不可理解性的敏锐感知。一百年前困扰着塞格林的另一个问题，今天又出现了。与伊曼纽尔·列维纳斯一样，维克多·塞格林，以及当代哲学家和汉学家弗朗索瓦·于连都不是核聚变理论的支持者。塞格林所宣扬的同化的不可能性，并不必然导致对他者的排斥。相反，列维纳斯和现在的于连认为这正是组成社区或团结的要素。

评论家们注意到我的作品写的都是欧洲与东亚之间的故事，我的角色在这两种文化之间躁动不安，无法在任何一个地方获得安全感。我新书的第一章发生在上海。我的主人公雅各布·瓦尔兹（Jakob Waltz）一到中国就开始了他关于司汤达小说《红与黑》的演讲。雅各布·瓦尔兹是第二次读这本小说，三个多月来，他一直特别关注《红与黑》的结局。

在书的最后一章，《红与黑》的英雄于连·索黑尔正在地牢里等候死刑。虽然年仅二十三岁，他还太年轻，还不能死去，但于连并不为即将到来的死亡而烦恼，而是对环绕着他的极度孤独感到厌恶。

"每个人都是孤独的……孤独！"什么地狱！绝望的话语在令人窒息的牢房里回响，此时此刻，他才意识到，这才是人生的重要关头，他终于明白人生真正苦在何处。"折磨我的不是迫在眉睫的死亡，不是这座监狱，不是地牢里的空气。而是再也见不到路易丝·列娜！"小说继续写道。如果这个年轻人只是和他的情人有关系，他就不会为同样的情况感到惋惜了。

德·雷纳尔夫人的孩子们的家庭教师于连·索黑尔勾引了女主人。一开始，这对他来说可能是一件很有趣的事情，一段禁忌之恋，但渐渐演变成了一段刻骨铭心的真爱。他是在极为坎坷的环境中成长起来的，一旦引燃，惊天动地，尽管事实上索黑尔企图杀死女主人，雷纳尔夫人在袭击中幸存下来，并原谅了她的心上人。如果你知道整个故事，你就能理解为什么索黑尔铤而走险，走上了不归路。于连因谋杀未遂在法国被判死刑，目前正在地牢里等待执行。

女主人公掩人耳目，瞒着她的丈夫和孩子，每天两次来到地牢看望于连。在行刑前的这几天里，于连在与夫人的会面中有了别一种人生体验。他告诉她："如果你不来地牢，我可能会在没有体验到真正幸福的情况下死去。"司汤达在他的小说中写道："于连对她的爱超越了一般男女私情。"《红与黑》的男主人公在他死前不久才第一次体验到了真爱的真谛，真正的友谊。至少当他发现自己从自恋的自我反省中解放出来，或者换句话说，他可以放下了。与另一个人的对抗是如此之深，以至于于连可以更坚强地走向死亡。这种经历使他坦然地接受了自己不幸的命运。

（黄少政 译）

徐可 > 谢谢。下面有请北二外欧洲学院院长蒋璐教授发言。

蒋璐

北二外欧洲学院院长
英语教授

蒋璐 > 各位下午好！尊敬的吉狄马加院长、尊敬的各位国内外的专家，非常高兴有这样一个机会，各位齐聚二外，以文会友。我来自于欧洲学院，从一个管理者的角度来说，我一直在思考的是探讨高校多语种外语教育背景下的教师的发展问题，我们欧洲学院有欧洲英语之外的十八个语种，我院的外教就有四十多位，所以我在思考、探索如何推动高校外语教师的学术共同体的建设问题，我在考虑如何通过跨界的思想碰撞，寻找解决问题的途径，如何发挥我学院这样一个多语种的整合优势，促进多学科、多专业的交叉、融合发展，怎样加强国别区域的研究，怎样培养多语种复合和跨专业复合人才问题，怎样把我们的学生培养成具有国际视野、又具中国关怀的优秀人才，怎样共建语言教育研究的学术共同体的问题。

刚才听几位小说家、诗人、戏剧家发言的时候，我收获特别大，也非常有感触。就我个人的学术兴趣来讲，我今年在考虑的是所谓的叙述学的问题。我一直考虑的是关于叙述的本质问题，我也把我自己的思考，与我作为一线教师的教学紧密结合起来，因为我自己在教授一门阅读与写作课，在这门课上要把我自己对于文学的思考投入进去。我们都知道文学本身，从定义上来讲它是文字的艺术。刚才徐则臣主编提到一个问题，《红楼梦》的国外读者对这个小说的理解，我一下想起来，我自己同时还在教另外一门课程，就是跨文化交际。所以我们讲的主要是全球化，每个地方时时刻刻都是全球化的结果。外国读者对《红楼梦》中的情感问题、交流方式不能理解，实际我在跨文化交际课堂上，跟学生探讨的所谓的高语境、低语境文化之间的冲突问题，这些问题都能够给学生解释通。

总的来说，今天这样一个研讨是非常有意义的，无论是职业的作家，还是我们高校的教师，今天在座的也有一些文人朋友与我一样也是大学老师，我们会聚一起探讨这些问题非常有意义。非常感谢。

徐可 > 谢谢蒋璐教授，刚才她讲到欧洲学院有十八个语种，我们也特别欢迎参加会议的这些学院的老师们和同学们，如果你们有什么问题或者想表达的，欢迎举手，也希望你们能够表达你们的见解。下面有请来自日本的作家谷崎由依女士发言。

谷崎由依 > *夹在语言之间*

外语使我崩溃。这就是我翻译时的感受。人们说，做一个作家就是要有自己的写作风格，要有自己的声音。无论你写什么，你的风格、声音都不会改变。但翻译文学要按照原作的风格来写作。你必须倾听作品中的声音，抓住声音，创造出与之相适应的风格，用你自己的语言，我的意思是用一种翻译语言。

谷崎由依
Nonaka Yui
日本小说家
翻译家

我是一名翻译。嗯，我的身份是一个小说家，但我做翻译。在这个过程中，我企图抓住原作的声音，创造出别人的风格，并以这种风格写作，这样一来，我自己作为一个作家的写作风格有时会崩溃。翻译完一部长篇小说后，我需要时间来恢复自己，恢复自己的写作风格。有时我会感到困惑：我自己的风格是什么？我真的拥有它吗？在用自己的声音翻译了几部小说之后，我有了几种写作风格。它好不好？我还是不知道。

然而，有一件事我可以肯定的是，如果我不做翻译，我将会是另一种类型的作家。当我还是个孩子的时候，我就想当一名小说家。但在我成为所谓的职业作家之前，我已经是一名翻译了。我是说，我是有报酬的。我的职业生涯背后有一个故事，现在不需要讲。不管怎么说，一开始，作为一名作家，我感到了一身二任造成的分裂的痛苦。因为风格是作家的一种身份。有痛苦，但同时也有快乐。翻译伟大的作品当然是一种乐趣。我特别喜欢詹妮弗·伊根（Jennifer Egan）和科尔森·怀特黑德（Colson Whitehead）的作品，他们都是普利策奖得主。作为一名作家，他们伟大的小说给了我很大的启发。

在这里，作为鲁迅文学院国际写作项目的一名参与者，我感觉自己天天都夹在翻译的过程中。夹在中间，就是这样。这句话让我想起了泸州的那座大桥。我和我的朋友们穿过了我们旅馆附近的那座桥。那是在一个晚上，我走了一整天，很累。我的精神状态会有点不寻常。我走得很慢，所以我比我的同伴们晚了一步。突然，我有了摔倒的感觉；我有恐高症的倾向。我会说，我很害怕。但这并不是一个恰当的词来表达我的真实感受。我想，中国是一个如此辽阔的大陆，不同于日本。我觉得自己就像一艘小船，漂浮在海洋中。我将这种感觉与翻译的过程相比较。翻译就是在两座桥梁之间搭起一座桥梁。我的前面没有桥。我得自己把桥搭起来，才能过河。

在鲁院，我一次次在各种外语之间穿行。不只是一种，而是很多。主要是中文和英文，也有一些其他的语言。我喜欢乘着这艘小船在语言的海洋中航行，换句话说，就是自己去跨越那座巨大的桥。在此过程中，我的母语，日语，让位于其他语言。我的日语水平下降了一点，或者说是断断续续的，就像在翻译的过程中。在这里写东西对我来说有点困难。我的日语不如往常好。要从这种状态中恢复过来需要一段时间。我从美国爱荷华大学国际写作计划的经历中了解到，我想把这种经历与瑞士的农业相比。失去一部分语言，然后获取一些新的东西。

到目前为止，我一直在关注翻译和写作之间的关系。现在我要换个话题，谈谈一本书：我的短篇小说集《镜中的亚洲》。这本书中的两个故事已经被翻译成中文。我用一种实验性的方式来写这些故事。本书收集了五个故事，每个故事都以不同的风格写成；你可能会从詹妮弗·伊根（Jennifer Egan）的《打手队来访》（*A Visit from the Goon Squad*）中看到这种影响：完全不同的故事，但伊根也运用了不同的写作风格写作。所以我对我书中的每一个故事都这么做。例如，"九份村分九份"（九份村子分九份）就在呼应马尔克斯的《百年孤独》的写法。我做学生的时候，读过这本小说，如果没有读过这本书，我可能无法开始写作。和"……当再次写信"（……然后再度记下文字时），已经有了阿兰·罗伯-格里耶的影子，这是另一位对我产生影响的重要作家。在这些故事中，我用字母表达拟声词代替片假名，字母在我们日本倾向于表达时使用拟声词和外来词。我也用字母来表达来自台湾或藏语的单词。那些短篇小说的灵感来自那些国家或地区。

在这本书中，也有一个短篇题为《国际友谊》。我的想法来自我跟自己的名字开玩笑：当我想用中文说我的名字谷崎由依,听起来像国际友谊，母语的国际友谊。嗯，你可能会想，一个作家不可能从这样的笑话中写出中篇小说，但我做到了。不过，这是我写的一篇非常幽默的文章。语言之间出现了许多文字游戏。例如，英语单词"爆笑"在日语中听起来像"hirari"，表示某物飘动的状态，等等。这个故事是对一些语际经验的推测。

这个短篇小说集的整个构思灵感来自我做翻译的体验，结合我参加爱荷华州国际写作计划的经验。翻译时，我用英语阅读，用日语写作。我脑子里有两种语言的混合，这对我来说很有趣。我想用字母和外来词来表达这种心态：不是翻译，也不是片假名，而是一种全新的文字。

对于所有使用一种特定语言数百年的人来说，一种语言本身就是一种记忆。每一种语言都有其特有的思维方式。我说英语的时候，我感觉像变了一个人。

2013年在爱荷华州，我和其他作家用英语交流。虽然不是很流利，但仍然是英语。没有别的选择。英语是唯一的共同语言：我们的通用语。于是我开始思考：这是谁的语言？北美人的吗？英国的？它属于谁？我的回答是：英语属于全体作家。因为现在我们就在使用这种语言。虽然半真半假，但也足以沟通彼此。在爱荷华，我们有比这里更多的亚洲作家。所以我觉得这种感觉更强烈。可以说，我们是在创造自己的语言。与英语相似，但略有不同。混合了来自世界各地的各种方言。

结束这篇文章之前，我想引用一下多和田叶子，她是日本著名小说家和诗人，对我影响颇多。她已经在德国生活了近四十年，过去在汉堡，目前在柏林。我在她的文章中读到，她在德国的最初几年，根本不记得自己在想什么。因为没有语言可能有感觉，但没有语言就不可能有思考。没有文字，我的意思是语言，她开始用德语写诗。现在她用德语和日语写作。在我看来，她的作品是优秀的，因为她自己经历了语言是多么的不完美这样一个过程。没有一种语言是完美无缺的，可以完美表达自我或表达自己的想法。这一点就不必引用任何符号学家来自证其是：我们都是作家，深知这一点。这就是为什么我们会继续写作。

（黄少政 译）

徐可 > 感谢谷崎由依女士。我记得上次问过你名字的意思，好像是悬崖的石头？

张文颖 > 谷崎名字由来我没有考证过，但在日语中词意是海边、海景，比如天涯海角。

谷崎由依 > 对，应该是张教授所说的海角的意思。

陈喜儒 > 这个说起来就话长了，日本人在明治维新之前没有姓只有名，明治维新之后必须登记户口，所以必须每个人都有姓，比如田中、松下，谷崎家可能住在山附近，周围有海。就是这样来的，解释起来很困难。

徐可 > 下面欢迎张文颖教授发言。

张文颖 > 大家好，非常荣幸参加这个活动。今天非常有缘分，遇到了我的研究对象中上健次的女儿。我的博士论文研究日本的大江健三郎和中上健次，我曾经去过大江健三郎和中上健次的故乡，感受地缘文化的冲击力和神奇的魅力，我到现在还一直沉醉在这种地缘魅力当中。今天见到中上纪女士非常荣幸。

中上健次的作品在日本评价非常高，我读他的作品也深深受到感动，前面很多作家提到作品的差异和沟通，我感觉到中上健次的作品很好地诠释了作家如何通过文学进行沟通并体现出差异性，最终实现谋求共性的完美结果。

张文颖

北二外日语学院教授

他的作品中有一个"纪"字，中上女士也提到她的名字里面有一个"纪"字，"纪"是纪州。日本有一个叫熊野的地方，过去的名字叫纪州。中上健次的故乡就是在纪州的一个地方，那里的人们长期被忽视，中上健次的作品为这些被忽视的人们赢得权利。但这并不是一种弱者姿态，而是非常原生态的姿态。我非常喜欢他作品的这种风格。这个"纪"字，刚才中上纪女士提到，也有记录、记忆的意思。我认为，文学是关于记忆的艺术，如何把故事讲好，就是如何将记忆中的事更完美地呈现出来。所以，阅读优秀的文学作品，实际上也是体会到记忆的艺术魅力。

谷崎由依女士刚才提到她有着小说家和翻译的双重身份，我作为大学老师，也做过日本文学翻译，能深深体会到谷崎女士的很多烦恼。其中，把握好原作的风格是我不懈追求的目标。当然，我本人不从事文学创作，而只在翻译中体现译者的主体性，在这些方面我也做了一些尝试。所以，今天能够听到两位日本作家、翻译家的发言受益匪浅。

以上是我的想法，谢谢大家。

徐可 > 感谢张教授。下面有请来自保加利亚的兹德拉夫科·伊蒂莫娃
女士发言。

兹德拉夫科·伊蒂莫娃 > 作为一个作家，我相信，真正强大的文学可以帮助人类穿越欺骗
和谎言，抵达旅程的目的地。

兹德拉夫科·伊蒂莫娃

Zdravka Vassileva Evtimova-Gueorguieva
保加利亚小说家
翻译家

人类经历了重重灾难、战争、饥饿。最伟大的文学作品诞生于人
类濒临绝望的年代；文学战胜了绝望，赋予诗人和作家以能力，
塑造最辉煌的形象和人物。艰难困苦铸就一个民族的记忆。事实
证明，诗人和作家比饥荒、伪善、羞辱、谎言和死亡更强大。一
个人写出第一首诗或第一个短篇故事的那一刻起，他就走上了永
生之路。是否抵达终点，则取决于作家和诗人有足够的耐力才
行。

19世纪，罗塞塔石碑被找到，学者们终于破解了古埃及文字系统
象形文字的密码。1799年，参与拿破仑·波拿巴埃及战役的法国
陆军工程师在拉希德（罗塞塔）附近发现了这块石板。这块石头
上面刻有一项法令，是公元前196年一群埃及神职人员代埃及统
治者托勒密五世(Ptolemy V.)颁布的。刻写该项法令，用的是
象形文字。在古埃及、古希腊，民众一般使用俗语。因此，象形
文字之谜在1824年被法国语言学家让-弗朗索瓦·尚博利安揭
开。

今天，地球上生活着数百个民族，他们说着自己的语言，发展自

己的文化，并为自己的民族文学感到自豪。他们了解自己国家的诗人、作家和哲学家，学校和大学的学生学习他们的作品。文学是一个民族最真实的面貌。文学揭示了人的思维方式、民族性格和民族特色。文学是人类共同的心灵，是人类共同的记忆，是人类通向未来的道路。然而，如果一个民族的文学像人类历史海洋中的孤岛一样被孤立，迟早就会湮灭。如果没有发现罗塞塔石碑，那么人类历史的各个时期将永远被遗忘，古埃及人也不会对我们当代人类发言。

这就是今天语际对话所扮演的角色——这种对话不仅打开了关于外国文学、外国文化的知识之门，也能教会我们尊重和欣赏他者的文化成就。作为作家和诗人，我们有责任积极地参与这种对话，首先要创作有才华、诚实而有力的文学作品。我们创作的作品的高质量、原创性和创新性是这一对话不可或缺的基础和关键因素。

因此，我想指出的是，如果一部小说或一首诗值得铭记，它必须在各自的人民、民族的发展中发挥至关重要的作用。这项工作不仅应该，而且必须减少世界上的痛苦和耻辱，它必须治愈痛苦，使人类的精神更加强大、更有韧性和崇高。所以，我们作为作家和诗人，已经迈出了关键的第一步，即我们的作品旨在使人类更公正、更勇敢、精神更丰富，那么，我们现在必须准备好迈出第二步。

我们必须学会坚持我们活得有尊严的梦想。总有一些人把狗苟蝇营、卑躬屈膝视为衡量成功的标准。他们身着昂贵的衣服，吃着昂贵的食物，但是在他们的胸腔，心脏应该在的地方，却有一摊有毒的液体。作为作家，我们必须教导自己，教导读者不要放弃。无论付出多少代价，我们每天、每一分钟、每一秒都要努力维护自己和读者的尊严。作家的不诚实和如何讨人喜爱的算计，也许会获得某些暂时的经济上的成功和虚假的赞扬；然而，从长远来看，他的名字和他的作品如果不被遗忘，只会被当作一个教训，一个不如不写的教训。奴性比死亡更能迅速地扼杀作家的才华。

想到未来的生活，在我的脑海里，我看到人们努力摆脱羞辱和背叛。没有尊严，人就是一堆像绦虫一样的有机物。绦虫只能从生物体中吸取和吞噬有营养的物质，注定它们会死亡。没有尊严的人也一样。

为了能够为人类构建共同的未来，我们必须准备好经历失败、悲观时期、被拍马屁或遭受文学代理人的拒绝，最后才能得到文学上的成功。我们不能让失败或成功削弱我们的信念，我们必须讲出生活的真相。然而，为了能够看到什么是真的，什么是假的，我们必须始终发展我们的能力，我们必须阅读和了解今天，比我们昨天知道得更多。我们必须积极地生活，我们必须知道世界上发生了什么，并准备采取行动保护我们的信仰。我们必须带着这样的想法生活：是的，人类的未来取决于我们。我们必须敞开心扉，睁大眼睛，因为我们的心，诗人和作家的心，才是真正的罗塞塔石碑，它将告诉未来的几代人，我们今天对世界做了什么。

写作是争取自由的一课。保加利亚的每条街道都是一个短篇故事，而保加利亚语是我最熟悉的语言。我一生都在写一个小镇的故事。这个城镇的名字是为弱者和孤独的人准备的幸福。英国诗人奥登写道："有些书应该遗忘，却被我们记住了。有很多书我们应该记住，却遗忘了。"侵略者屠城，但我们记住的书毁灭了侵略者和他们可怜的征服。作家和诗人不仅给我们真理，也给了我们梦想。我相信，我们的梦想可以缩短通往正义未来的旅程。

作家和诗人不仅要创作好作品，而且要心甘情愿地、全心全意地寻找世界其他地方的作家和诗人们的好作品，这样才能成为语言间对话的活跃而有效的渠道。当我们作为文学世界的创造者，我们的承载了记忆的文学人物，寻到我们珍爱的其他国家作家的作品，我们还可以做得更好，在我们自己的国家介绍这些作品，通过我们的母语的媒介，推荐给出版商，我们的学生和朋友，组织各类活动，积极传播这些作品。这就是为未来共同承担责任的精髓所在——因为无论一部优秀的小说是什么时候写的，它其实都在书写历史、今天和人类的未来。

我们自己的创作构成了今天在这里展开对话的基石，其最终目标是使地球成为每个人的自由家园。我们渴望了解，积极、持续和慷慨地传播世界各地作家和诗人创作的优秀作品，我们时刻准备好，把这样的作品翻译为我们的母语，使之成为构建一个人类命运共同体共同持续努力的动力。

保加利亚语是一个小语种，使用者有限，但保加利亚人是一个具有崇高和不屈精神的民族。

保加利亚人民所经历的一切不幸使我的同胞们强烈地热爱自由。我为我的同胞经历过保加利亚历史上最黑暗的时期感到自豪。即使是在战场上，保加利亚的国旗也从来没有被任何人缴获过。我们把黑暗变成了自由和光明。保加利亚的历史是我个人写作力量的源泉，保加利亚文学是维持我们保加利亚人生命的血管系统；几个世纪以来，我们的诗歌和小说，维系保加利亚人这一称谓。

所以，亲爱的朋友们，作家们和诗人们，向世界展示你们的民族文学是多么的强大吧，让全世界都为之感动，我们也会热爱并深深地尊重你们所写的东西。我们要让我们的国民，无论老少，都知道并珍惜你们的文学作品。因此，我们要把今天的对话献给我们的孩子。我们要让他们知道，最好的文学评价是一个民族的记忆。

孩子是我们最大的财富。他们将继续我们的诚实之旅。明天，我们的孩子们将书写新的精彩的作品。他们的大脑是一个光辉的领域，我们有责任用善意、知识、决心和真理来充实这一领域。这样，我们将会有一个更聪明、更和平、更强大的人类，并为每一个人提供文学发现和尊严的新家园。

（黄少政 译）

黄少政 > 我回应一下，她刚才引了奥登的一句话，那句话是我翻译的，当时请马克帮助，因为那句话我也不懂。英国作家、诗人奥登说的是："Some books are undeservedly forgotten, none are undeservedly remembered." 这句话马克给我解释：有些书我们应该忘记，但是却记住了；很多我们应该记住的书，却遗忘了。他的意思是，我们今天的阅读趣味变得肤浅了。

兹德拉夫科·伊蒂莫娃这篇演讲非常鼓舞人心，她说我们的诗人、作家应该像罗塞塔石一样，罗塞塔石是法国人入侵埃及时找到的那块石头，那个石碑揭示了四五千年的

黄少政

英美文学翻译家
学者

历史，古埃及文字的破解依据的就是那块石碑，所以她说，所有诗人和作家都应该像那块石碑一样，告诉未来时代的生活真相。她的意思是说，一个作家、诗人不仅要告诉我们这个世界的真相，同时也要给人们提供梦想。

徐可 > 谢谢黄老师的补充。下面请北京第二外国语学院的李焰明教授发言。

李焰明 > 大家好。首先说明一下，我是做翻译的大学教师，我翻译的第一本书是2008年诺贝尔奖得主勒·克莱齐奥的作品，然后就一直做翻译，目前大概翻译了二十多本书。邀请我参加这个会议的时候我欣然接受了。我不久前翻译了一篇越南裔法国女作家的作品，发表在《世界文学》上，我觉得挺有意思的，在这里和大家分享：她叫琳达，1963年生于越南，十四岁去法国学习定居，已经出了十几本书。由于她的低调，很多媒体将她形容为藏在肚中的熊，意思是她悄无生息地跻身于文学界。但是她的作品大气磅礴，带有17世纪文学的雄辩风格。她从童年时期就着迷于离自己非常遥远的叙述，对雨果和巴尔扎克情有独钟。来到法国之后她依然面临着身份认同的焦虑，她说，我依然感觉在流浪，即使在法国生活多年，我从未对自己说过这是我的祖国。但我也不觉得越南是我的祖国。

李焰明

北二外欧洲学院法语教授

谈及身份问题的时候，她如何界定自己的身份？是法国作家，还是用法语创作的越南作家，还是越南裔法国作家？琳达借助莎士比亚戏剧《暴风雨》中的一系列隐喻，对身份提出了终极的拷问。在《暴风雨》中，莎士比亚讲了三个力量相差悬殊的人物，魔法师普洛斯彼罗、野蛮怪物卡利班、精灵爱丽儿。卡利班像女娲一样说话，像风一样自由，博学的、善于利用书籍的普洛斯彼罗教他学语言。他想：我看你可怜，才不辞辛苦地教你说话，每时每刻教你认识各种事物，你这个男人连自己想什么都不知道，你像野兽一样吼叫，我教你用语言表达自己的想法。她说，上帝用话语创造世界，普洛斯彼罗即是话语的产物，普洛斯彼罗教他应该说话，卡利班学习了这些话语，却不可能用他自己的语言进行表达。

她引申开来，作家选择非自己生长环境的语言创作，与另一种语言的关系就如同卡利班对普洛斯彼罗的趋同：他被主人的语言所吸引，想成为像普洛斯彼罗那样达到艺术顶峰的人，但是他所获得的这种语言和文化，选择用法语创作的流亡作家却在卡利班情结的桎梏中，对语言的忠诚掺杂着一种反叛。也就是说，他体内还有一个卡利班反对他的选择、想制造分歧，无论他做什么，设想哪种策略来掩饰原初的悲伤、填补空虚，他总是听到镜子对他说："你已经无处立足。"他在出生地没有自己的位置，因为他去了卡夫卡所称的"祖国有声的气息"。现在这个国家的土地上也没有他的位置，他再次感觉自己是一个可疑的宾客，一个入侵者。但是可以说她实现了所有作家的梦，因为她挣脱了个人为稳固创作而定居一方的束缚。

但她经常被问到：如何界定她的身份。法国作家？用法语创作的越南作家？越南裔法国作家？每当此时她感觉自己像《伊索寓言》里那个面对匕首随机应变的蝙蝠，当蝙蝠受到憎恨禽鸟的黄鼠狼的攻击时，就声称自己不属于鸟类。而如果追击它的是那个不喜欢哺乳动物的黄鼠狼，它就说自己不属于哺乳动物而是鸟类。这个计谋使两栖作家避免一切身份界定，不必被两个阵营的黄鼠狼所吞噬，但他总因为要在两者当中做出抉择，而使自己处于一种不真实的地位、境遇中，他未在此地，又不在他处，他还是无法界定自己。

她说，乔治·斯坦纳在《真正的在场》中说，作家是自己的读者，他颠覆的是自己，对自身进行革命，想成为一个二元论者，一切生命都具有双重性，对自我的追寻同样是在召唤神话与存在两面性的声明中获得认知的。写作就是抓住机遇，成为斯登克斯、美人鱼、独角兽，如此多的混合形象。

写作的需要不产生于快乐和美满，而是来自于无法弥补的空虚感。人们发现自己是一个瘸子、跛脚魔鬼，落到地上叫众人嘲笑的信天翁，人们知道自己是可怜的、无能的、软弱的，文学使这些不足变成种种可能性，朝向未知的通道。人类历史是一场希望与失望、可能的现实与不可能的梦想、节制和狂热之间的战斗。马利亚桑普拉诺说，艺术作品处在左右为难的状态并进行超越，这是在隐秘的裂口与磨砺中间的摇摆不定，磨砺的裂缝里突然冒出一颗跳舞的心，两难的困境要求人们推倒人类心胸狭隘的隔墙，最终消灭自我。

徐可 > 谢谢。下面有请马克·特里尼克发言。

马克·特里尼克 > 非常感谢有这样一个机会，我们今天探讨了很多内容。吉狄马加主席说，现在我们处在全球村的时代，同时文学也是在两个方面——一方面是地区或者本地，另一方面是全球或者人类。就像吉狄马加先生说的，如果让我列举一些书籍，我也会列举很多外籍作家的作品，我生活的地方有五种语言，而我的母语是英语，我 也非常感谢今天能用母语交流。

马克·特里尼克

Mark Tredinnick
澳大利亚诗人
散文家
写作教师

我们的朋友宁肯把文学创作比喻成一把椅子，他坐在椅子上表达自己的声音，在他的位置寻求共同体。最近我和他交流，很多人知道这张桌子代表不同的智慧、不同的背景，有的人认为我们没有办法达成一致，因为我们现在有这么多不同的背景。实际上，智慧甚至于来自其他的生物，而不是人类内部，所以让我们去倾听，每个人所在的不同语言系统中的独特智慧，要去记住。我们也要一直记住，在人类存在以前，就有很多其他的生物存在于这片大地上，我们也要听听人类以外智慧的语言。

徐可 > 谢谢。下面请塔米姆·毛林先生发言。

塔米姆·毛林 > 感谢邀请我来到这里，感谢中国的朋友们。今天和这么好的中国作家分享，对我来说是非常宝贵的经历，也是很大的荣幸。非常感谢鲁迅文学院的各位同事，在这个月中我们互相学习，结交友谊。

塔米姆·毛林

Tamym Eduardo Maulen Munoz
智利诗人

徐可 > 下面有请北京第二外国语学院欧洲学院副院长许传华老师发言。

许传华 > 今天下午跟各位作家交流，我在想，作家可能需要真诚的情感，作为一个思考的个体，不能失去自我，这是文学的真诚。其实大多数的作家，无论是俄语的作家，还是斯拉夫语的作家，大多都具有这种特质，能够真诚地叙述自己或者描写自己所见的人、

许传华
北二外欧洲学院副院长
俄语副教授

物、事。我想，这是一个作家的使命所在，也是特别值得我们尊敬的地方。

第二，在世界一体化的过程中，在跨文化写作的过程中，人类命运共同体或许成为共同努力的方向，但是作家是不是应该保留自己的民族特点，找到个体的差异性，处理好民族与文学之间的差异性？比如在俄罗斯文学中，获得诺贝尔文学奖的作家，评委会给出的评语大多是尊重传统，比如帕斯捷尔纳克获得诺贝尔奖的时候，评委会认为是在现代诗歌和俄罗斯小说传统方面取得重大进步。他写诗歌，也写出了《日瓦戈医生》，确实体现了这种传统。所以我想，人文传统或者民族记忆或许是文学很重要的因素，也就是说一个民族作家不能失去自我，不能失去自己民族特色。当然关注人类的命运是一个终极的方向。

徐可 > 我们的会议已经接近尾声，二十多位中外作家都做了发言，最后是压轴大戏，请李林荣教授做学术总结，大家欢迎！

李林荣
北二外文化与传播学院中国现当代文学教授

李林荣 > 首先欢迎各位国外的作家，还有我们国内的作家朋友莅临北二外。筹备这次活动我们学校费了很大的周折，今天终于成功举办，我作为最早受到徐可院长嘱托的当事人甚感欣慰。特别要感谢各位国外的作家，也是我们这次会议的贵宾，刚才发表了精彩的见解。

从这些发言中，可以感受到一个共同的特点，就是我们每位作家从不同的角度，都表达了对当下人类生存状况和生存境遇的共同关切。有的作家从自己创作的角度，有的作家从自己翻译的经验，还有些作家向我们介绍自己创作和翻译所依托的跨语际生活经历，以及由此形成的跨语际生活的创作题材的选择，这些不同角度和不同出发点的讲述，都流露出同样宽广、同样深切的思考，其中满含着通过文学的方式相互关怀并且共同关怀人类生存的现实和一路走来的曲折历史这样一种热情和执着。

今年对于所有中国人是不寻常的年份。尤其对于从事文学创作的中国人，在文学生活当中长期进行思考和探索的中国人，今年适逢很多特别重要的历史和现实事件的坐标点交会的关键时刻，在这个时刻聆听来自世界各国的作家朋友们提出富有使命感的观点，我自己感到受益良多。

中国古代或者说古代的中国，经常被包括中国在内的世界各地的学者和知识分子理解成一个只知道自己的存在，忽视或者根本不知道、也不承认我们自己之外其他各国各民族存在的状态。这种状态被称为"天下"观，也就是把整个世界、把整个人类生活都归纳到一个名为"天下"的观念范畴内。但实际上，中国古人的"天下"观念，正与我们今天所说的"人类命运共同体"相通。它的核心并不是不知道他者存在或者刻意地忽略他者存在的那种无知或自大，而是一种将所有生命、所有个体都纳入同一整体的认识，以及根据这种认识来思考生存方式、设定生存秩序的实践理性。

中国的近代转折开始于天下观——古老悠久的"天下"观念的破裂。这首先是由西方列强外来的冲击造成的。在这一外来冲击面前，中国人固有的"天下"观被迅速地也是蛮横地打碎了，中国人和整个中国从思想轨道上被拉进了现代民族国家的竞争格局中。到今天，中国人在现代民族国家竞争的道路上刚刚行进了一个多世纪的时间。这一百多年里，积淀在中国人心灵深处和中国文化历史深处的"天下"全面破裂，盘桓在中国人思想意识和话语习惯里的"天道"彻底分化，但是破裂和分化不等于消失。比起过去漫长的，有文本可以证明的两千五百年的中国文学史和文化史，还有历史证据可以证实的四千多年的中华文明史，晚近的这一百多年只是短暂的一瞬。在现代社会、现代世界的国际生存丛林中，挣扎、适应、奋斗了一个多世纪的中国，仍然是学习者。而中国和中国人过去在天下合一的观念里生活的岁月时长，则数十倍于此。

我们今天研讨的主题"人类命运共同体"，单从字面上看，在当下中国社会常用语中可谓崭新。如有些专家、学者所说，"人类命运共同体"成为舆论界和学术界的一个热词，始自七年前中国当代政治文件对它的醒目表述。其实，它的思想渊源极其久远。对中国人来说，它是从比我们眼前这一百年更加漫长得多的两千年甚至四千年的岁月里凝结而成的古老生存经验和生存智慧。按照政治学家、经济学家和社会学家的观点，今天我们对"人类命运共同体"这一理念的强调和重申，主要包括三方面内涵。这三方面内涵，也是三阶段的期许，一是人类的共同利益，二是人类的共同责任，三是在共同利益和共同责任这两个阶段充分发展之后达到的人类命运共同体的境界。

刚才很多作家朋友在发言中，都谈到自己常思考文学到底能做什么。我听了之后有这样的感想：在通向人类命运共同体这一理想目标的道路上，伴随着其他各行各业谋求人类共同利益和履行人类共同责任的努力，文学也应该而且必须承担一份独特的责任、做出一份独特的贡献。我同意我的作家朋友徐则臣和我的同事李焰明教授的观点。徐则臣说文学可以承担和表现人类共同情感。我赞成这个说法。无论是中国的还是外国的，无论今天的还是过去的，所有我们能够看到的文学作品里面，都贯穿了与日常人生的各种状态相对应的情感表达。另外，就像李焰明教授所说，跨越语言、文化和民族、国家的疆界而长久存在的共同文学经典，是我们生活在文学世界里的人共同依赖的宝贵财富。

除此之外，今天是一个全球化的时代，同时也是逆全球化和反全球化的趋势格外突出的时代，但尽管如此，关于每个人的人格如何臻于完善和完美，我想不同国家、不同民族的人在文学世界里面都能找到共同的理想、共同的梦想、共同的精神追求。这种从提升个体生命价值的方向上凝聚起来的共同情感和共同精神追求，以及共同的文学经典财富所支撑起来的共同的文学生活，我觉得是在政治学家、社会学家、经济学家阐释和规划人类命运共同体的时候，我们文学家更应该着力去耕耘、建设的领域。

正如经济、贸易和科技等领域的中外交流能促进这些行业的繁荣和发展一样，中文和中国文学写作的发展和进一步的充实、丰富，特别是在把握当今中国人不得不面对和接纳的世界的全新变化和复杂差异方面，中国文学和中国作家都需要更多、更深入地与外国作家交流对话，在交流对话中向外国文学传统和各国正在进行创作的优秀作家多学习，多吸收他们的经验，多关注他们的表达，多介入他们的思考。这并不只是为了满足今天的一时之需，也不是眼前才出现的一种趋势，而是中国文学早已有之的一种发展格局。回顾我们中国文学的历史，特别是现代白话文学兴起和发展的百年历程，这一历程的每一步，都记载着中国现代的伟大作家向各国文学谦逊学习、全面汲取各种营养的生动事迹。

这次活动是由鲁迅文学院举办的，鲁迅文学院引以为名的现代中国最伟大的作家鲁迅先生，他的文学成就完全得益于他本人在世的时候，从青年时候就开始的对世界十四个语种和数十个国家、二百余种类型的文学、艺术作品和社会科学理论著作的广泛而持续的翻译。通过翻译，鲁迅把这些作品和作者介绍给中国的读者，介绍给中国的社会和中国的文学，在翻译过程中他自己更在积极地学习、批判和吸收。没有对国外文学、艺术和思想学术的翻译介绍和批判吸收，就没有中国伟大的作家鲁迅，就没有包括鲁迅在内的中国现代文学开拓者一辈的杰出成就。整个现代中国文学本身，就是中外文学的多重传统在中华文学大地上融通会合、生机再发的结果。

这么看来，鲁迅文学院连续三年举办四届"国际写作计划"活动，既是中国当代文坛的创新之举，也是对中国现代文学优秀传统的继承和发扬。换句话说，举办了"国际写作计划"这样广泛联系和团结各国作家的活动，鲁迅文学院才是名副其实的鲁迅文学院。听刚才各位国外作家朋友发言的时候，我就有一点感触很深的收获。我没有想到这么多位不同国家、不同年龄段的作家、诗人、翻译家和文学教授，都会共同提到一个问题，就是他们常会在写作或翻译的间隙，追问自己到底什么是文学，自己的文字劳作对读者、对社会到底能有什么样的作用。这种问题在中国作家当中，以最近这些年我所了解的，已经很少有人提了。

可能我们的社会、我们的人民、我们的国家、我们的文学组织给作家布置了很多具体的任务，所以到底文学的本质和使命是什么，好像已经用不着个人再去思考了。今天我当面听到多位国外作家不约而同地提到这个问题，实在是又出乎意料又正在意中。从抽象的、一般的、普遍的理论意义上界定什么是文学、文学应该做什么，毫无必要，也从来不可能界定清楚，但是每个作家、每个在文学当中长期修炼的人，面对具体的创作情境，时时刻刻都需要根据自我的感受为自己所经营的文学下定义，为自己的创作下定义，特别是为自己的创作准备要做什么和能够做些什么下定义。没有这样一例例的具体而独特的定义，就像刚才保加利亚作家兹德拉夫科·伊蒂莫娃所说，很可能在不远的将来自己写下的就会被证明是还不如不写的那类作品。

总而言之，今天听大家的发言是很好的学习过程。再次由衷地感谢各位的到来，也感谢鲁迅文学院如此看重北京第二外国语学院，使我们有机会承办这样一个高水准的文学活动。期待今后"国际写作计划"系列活动在中国作协、在鲁迅文学院继续蓬勃开展，而且内容拓展得越来越丰富，作为一个鲁迅研究者和当代文学评论家中的一员，我也愿意为此再尽绵薄之力。谢谢大家！

徐可 > 谢谢李林荣教授的精彩总结。各位嘉宾，我们的研讨会基本结束了，特别感谢中外嘉宾、各位作家、各位老师抽出宝贵的时间，给我们留下很多宝贵的意见，这些精彩的发言都是我们的精神财富。也特别感谢北京第二外国语学院以及各学院、各单位对这次活动的支持。特别要感谢李林荣教授以及他的同事，如果没有你们的不懈努力，我们这次研讨会不会如此顺利、成功地举办，所以我想最后以热烈的掌声向各位表示感谢。

我们的国际写作计划到现在已经接近尾声，时间虽然不长，但是大家建立了深厚的友谊，希望在以后的时间多关注、关心鲁迅文学院，将来有机会多来中国走走，到鲁迅文学院来看一看。

这次研讨会到此结束，谢谢大家！

✎ 研讨会现场

✏ 研讨会合影

✏ 左起：切赫·瓦塔、兹德拉夫科·伊蒂莫娃、徐则臣、马克·特里尼克

🖊 外国作家在鲁院

🖊 外国作家在慕田峪长城

外国作家手册

Chehem Mohamed Watta

切赫·瓦塔
Chehem Mohamed Watta

吉布提诗人、小说家，1962年出生于吉布提。获人类心理学博士学位，曾任职于联合国开发署的地区项目，现为吉布提共和国政府部门工作人员。其写作的主要背景为被称为"人类摇篮"的非洲之角地区。已出版短篇小说集《游历者的爱》《赞美慵懒》《河流与出神——红海游历记》，出版诗集《在胡鲁的骄阳下游历》《沙漠诗草》《失语之国——世界之路》《非洲的兰波——沉默的论说者》《吉布提——沙漠被沉默包围》等。

Born in Djibouti in1962. Chehem Watta is a poet-nomad and the author of several collections of short stories. Through his books, he delivers his commitment, his experience and vision of the Horn of Africa, which is considered to be the cradle of mankind. After serving at the United Nations Development Programme (UNDP), he now works in public administration in his country of the republic of Djibouti. He has a PhD in ethnopsychiathry.His collection of novels and short stories include *Amours nomads, L'éloge des voyous and Rives, transes. Errances en Mer Rouge.* His books of poetry are *Pèlerin d'errance, Sur les soleils de Houroud, Cahier de brouillon des poèmes du desert, Pays perle sur la langue- Routes pour le monde, Rimbaud l'Africain, Diseur des silences, Djibouti, le silence embrasé du desert, Sur le fil ténu des départs, Le chant du silence égaré and Après ces nuits- là* (to be published).

Cornelia-Doina Rusti

多依娜·茹志缇
Cornelia-Doina Rusti

罗马尼亚小说家、编剧，生于 1957年。大学教授，现居于罗马尼亚首都布加勒斯特。其作品"极富史诗般的力量，以创新和宏阔博学见长"，被译成多种文字。已出版小说十部：《佐格鲁》（2006）、《磨房鬼魅》（2008）、《里佐安卡》（2009）、《法拉尼奥手稿》（2015）、《危碟之书》（2017）等。

Born in Romania in 1957. Doina Rusti lives in Bucharest, and is a university professor and screenwriter. Among the most important contemporary Romanian writers, she is unanimously appreciated for epic force, for originality and erudition of her novels. Award winning and translated into many languages, she wrote ten novels, including: Fantoma din moar. (The Phantom in the Mill, 2008), Manuscrisul fanariot (The Phanariot Manuscript, 2015), Lizoanca (2009), Zogru (2006), and M..a Vinerii (The Book of Perilous Dishes, 2017).

Mariano Tenconi Blanco

马里亚诺·特恩科里·布兰科
Mariano Tenconi Blanco

阿根廷作家、剧作家和戏剧导演，生于 1982年，现居阿根廷首都布宜诺斯艾利斯。由他编剧和导演的《蒙得维的亚是我永恒的未来》(2010)、《不平凡的生活》(2018)等十部戏剧曾在布宜诺斯艾利斯的舞台上演。2016年曾参加爱荷华大学国际写作计划。曾获德国罗森马赫新剧作家奖 (2015)、国家戏剧学院大赛第一名(2016)等剧作家奖项。目前还在巴勒莫大学教授戏剧、表演类课程。

Born in Argentina in 1982. Writer, playwright and theater director.Over 10 plays, written and directed by him, were performed on stage including Montevideo is My Eternal Future (2010),The Extraordinary Life (2018).In 2016, he was elected amongst other 35 writers from different parts of the world to participate in a 10-week residency at the International Writing Program of the University of Iowa. He obtained a few prestigious playwright awards such as the Germán Rozenmacher New Playwright Award (2015), the National Theater Institute Contest (2016). And his plays have participated in several festivals both in Argentina and abroad, receiving awards or distinctions. He teaches playwriting and acting both privately and at institutions including University of Palermo.

Mark Tredinnick

马克·特里尼克
Mark Tredinnick

澳大利亚诗人、散文家和写作教师，生于1962年，现居于澳大利亚悉尼西南部。已出版著作：《如我所知》《蓝绿诗章》《火热日记》《蓝色高原》《田埂上的苍鹭》等，两部诗歌集《水下步行》和《初学者指南》将于2019年出版。曾获蒙特利尔卡迪夫诗歌奖、布莱克纽卡斯尔诗歌奖、两项总理文学奖以及卡里布尔散文奖。2017年参加香港国际诗歌之夜活动。目前在悉尼科技大学和悉尼大学教授诗歌、新闻学以及修辞学等课程。

Born in Australia in 1962, poet, essayist, and writing teacher. He published many books including *Almost Everything I Know, Bluewren Cantos, Fire Diary, The Blue Plateau, and The Little Red Writing Book*. His honours include the Montreal and Cardiff Poetry Prizes, The Blake and Newcastle Poetry Prizes, two Premiers' Literature Awards, and the Calibre Essay Prize. The Blue Plateau, his landscape memoir, shortlisted for the Prime Minister's Prize. Last year his poem *The Horse* won the ACU Poetry Prize; in March 2017, his poem *Panic Very Softly, Love* won the Ron Pretty Poetry Prize. This year, too, he judged the Montreal and Blake Poetry Prizes. He's just finished a collaboration, *A Hundred Miles From Home: One Hundred Haiku*, with poet Peter Annand and painter John R · Walker.

Alfred Matthias Politycki

马蒂亚斯·波利蒂基
Alfred Matthias Politycki

德国小说家、散文家、诗人，生于 1955年。1989—1990
年担任慕尼黑大学助理教授，自 1990年起自由写作。迄
今已出版约三十部作品，包括长短篇小说，散文和诗歌
等。曾参加美国、日本、瑞士等国际写作工作坊活动。
波利蒂基为德国笔会会员，多次获得文学奖项和奖金，
作品被译为英语、法语、意大利语、丹麦语、爱尔兰语、
乌克兰语和日语等。

Born in Germany in 1955. He is one of Germany's most
critically acclaimed writers. Up to now, he has
published more than 30 books including novels, short
stories, essays as well as poems. He writes articles for
newspapers and magazines, and gives lectures
nationally and internationally. Politycki is member of
the German section of P.E.N.; he was awarded various
prizes and scholarships; many of his works are
available in translation, among them English, French,
Italian, Danish, Irish Gaelic, Ukrainian, and Japanese.

Nakagami Nori

中上纪

Nakagami Nori

日本小说家，1971年出生于东京，毕业于夏威夷大学。其写作风格是以写实的方式描写当代日本人在传统和现代性融合上的纠结，从女性视角关注爱情和居家细事。其作品《熊野物语》曾获斯巴鲁文学奖、短篇小说《电话》曾获2011年川端康成文学奖提名，最新作品为《妖魔巡回记》（2017）。2002年曾参加爱荷华大学国际写作计划。她还积极参与组织由她父亲——战后著名作家中上健次创办的"熊野书会"。现为日中文化交流协会常任委员。

Born in Tokyo in 1971. She educated at the University of Hawaii. She is the author of *Kumano monogatari* (*Tales of Kumano*, 2009), which won the Subaru Literary Award. Her most recent work is *Tengu no kairo* (*The Goblin Circuit*, 2017). The main focus of her writing is about realistic human life and thoughts in the mixture form of modern and history. She also focuses on loves and family matters especially from the women's side. She is active in Kumano Daigaku, the annual summer symposium founded by her father, the prominent postwar writer Nakagami Kenji (1946—1992). Her short story, *The Phone Call*, was nominated for the 2011 Kawabata Yasunari Literary Prize, the most prominent prize for short stories in Japanese. She was a participant in the University of Iowa's International Writing Program in 2002, now she is the regular member of Japan-China Cultural Exchange Association.

Peter Simon Altmann

彼得·西蒙·艾特曼
Peter Simon Altmann

———

奥地利戏剧家、电影导演、小说家、散文家。生于 1968 年，国际笔会会员。早年获萨尔茨堡教皇学院哲学学位。2006年至2017年间，出版短篇小说集、诗集、散文集、散文诗集九部；多次荣获奥地利联邦政府、萨尔茨堡市政府奖学金。曾出访日本、韩国、泰国、保加利亚等国推介奥地利文学，也曾参加世界多地文学节、写作计划活动。

Born in Austria in 1968. Member of PEN International, playwright, director of films and plays, short story writer ,essayist. Since 2006, he has published 9 books of essays, short stories, poems etc. and his writings have been widely anthologized. A repeated recipient of scholarships from the federal government, the municipal government of Salzburg, he has represented Austria to travel Japan, Korea, Thailand, Bulgaria to make presentations and promote Austrian culture and literature.

Tamym Eduardo Maulen Munoz

塔米姆·毛林
Tamym Eduardo Maulen Munoz

智利诗人，生于1985年，现居于智利首都圣地亚哥市。早年曾获智利大学哲学学位，并在阿根廷布宜诺斯艾利斯大学学习文学。已出版两本诗《SHHHHH》（2010，巴拉圭）、《PAF》（2011，阿根廷）。他目前是智利巴勃罗·聂鲁达基金会的文化总监、美洲写作实验室的课程负责人和组织者。曾获聂鲁达奖学金等奖项。曾在阿根廷、智利、哥伦比亚、乌拉圭、委内瑞拉、西班牙和美国教授文学课程。

Born in Chile in 1985. He holds a degree in Philosophy from the University of Chile, and studied Literature at the University of Buenos Aires, Argentina. He has received poetry awards in Chile (2006: Pablo Neruda Fellowship and Eduardo Anguita Award; 2007: Gabriela Mistral Municipal Award and University of Diego Portales Award) as well as abroad (2009: Rodolfo Walsh Award, Argentina). He has published the books of poetry *SHHHHH* (Paraguay, 2010) and *PAF* (Argentina, 2011). He is a course leader and organizer of LEA (Writing Laboratory of the Americas), an international project of collective writing carried out in Argentina, Brazil, Bolivia, Chile, Colombia, Germany, Paraguay and Mexico, during the last ten years. He has taught literature classes in Argentina, Chile, Colombia, Uruguay, Venezuela, Spain and the United States. Currently he is Director of Culture at the Pablo Neruda Foundation in Chile.

Nonaka Yui

谷崎由依

Nonaka Yui

—

日本小说家、翻译家，生于1978年，本名野中由依。现任近畿大学副教授，日中文化交流协会会员。已出版小说三部：《败落的村庄》（2009年，获得文学界新人奖）、《禁闭岛》（2017年，获得野间文艺新人奖和织田作之助奖提名）、《镜中的亚洲》（2018）。曾翻译基兰·德赛《继承所失》、詹妮弗·伊根《打手队的来访》、科尔森·怀特黑德《地下铁道》等。2013年曾参加爱荷华大学国际写作计划。2016年曾参加在北京举办的第三届中韩日东亚文学论坛。

Born in Japan in 1978. Fiction writer, translator, associate professor of Kindai University, member of Japan-China Cultural Exchange Association. The author of three books, *Maiochiru Mura* (2009, won the Bungagukai Prize for New Writers), *Toraware no Shima* (2017, nominated for the the Noma Literary Prize for New Writers and the Oda Sakunosuke Prize) and *Kagami no naka no Asia* (2018). Her stories and essays are featured in numerous literary magazines; her translations include Kiran Desai's *Inheritance of Loss*, Jennifer Egan's *A Visit from the Goon Squad* and Colson Whitehead's *The Underground Railroad*. She was the participant of the IWP of Iowa University in 2013.

Zdravka Vassileva Evtimova-Gueorguieva

兹德拉夫科·伊蒂莫娃
Zdravka Vassileva Evtimova-Gueorguieva

保加利亚小说家、翻译家，生于1959年。保加利亚大特尔诺沃大学英国文学硕士及美国文学博士，长期从事英、法、德语的文学翻译工作。1998年至2006年，任保加利亚美国文学杂志《暮色》版的文学编辑。1999年至今，任英国文学杂志《文本的骨头》保加利亚版编辑。2005年至2007年，任匈牙利布达佩斯文学杂志《当地的思想》保加利亚版编辑。2011年10月，任保加利亚笔会中心秘书长。已出版短篇小说集《苦涩的天空》《其他人》《丹尼拉小姐》《靓身美嗓》《白种人和其他后现代保加利亚故事》《卖国贼的上帝》等。其作品在三十一个国家翻译出版，曾多次获得文学奖项，如2003年保加利亚作协颁发的保加利亚优秀小说奖、2005年英国BBC世界最佳十部短篇小说奖、2006年手推车奖提名、2008年欧洲图书奖提名等。

Born in Bulgaria in 1959. She is a fiction writer and a literary translator from English, German and French. Holder of BA in English language and MA in American literature,University of VelikoTurnovo, Bulgaria. Her short stories have been published in 31 countries in the world. In Bulgaria, Zdravka Evtimova has published five novels and three short story collections. She has won a number of major literary awards including: the Gencho Stoev 2004 literary award for a short story by a Balkan Author, the Razvitie Literature Award for best Bulgarian contemporary novel in 2000, Best Bulgaria novel 2003 award of the Union of Bulgarian Writers for her novel *Thursday*, Anna Kamenova National Short Story Award 2005 and so on. Besides, she has translated and facilitated the publication of numerous short stories and poems by Bulgarian writers and poets in France, UK, Germany and USA.

鲁迅文学院简介

鲁迅文学院

鲁迅文学院是中国作家协会下属的国家级文学人才培训学院，创办于1950年12月——由丁玲、张天翼等现代著名作家，精心筹备的国家级文学教育机构"中央文学研究所"，也就是鲁迅文学院的前身得以诞生。此后，七十年来，从中央文学研究所，到1953年的中国作协文学讲习所，到1984年改名为鲁迅文学院，时至今日，鲁迅文学院在风雨阳光中走过了七十年的不平凡岁月。

七十年来，鲁院始终秉持着建院之初艰苦创业的优良传统，承继源自革命烽火中延安的"鲁迅艺术学院"为国为民的文脉精神，坚守"为人民培养作家，培养人民作家；为时代培养作家，培养时代作家"的办学理念和追求，严谨办学，规范管理，完备典章，延揽名师，广采博取，注重前沿，以"继承、创新、担当、超越"为训导，形成了独具中国特色的作家培训培养模式。今天的鲁院，已被誉为中国的"文学黄埔""作家摇篮"，成为无数作家想往、文学人才辈出、享誉广泛的知名文学殿堂。七十年来，鲁院举办了各种不同类型的作家班、进修班、研究生班与高级研讨班，超过七千名中青年作家来到鲁院进修、学习、充电和加油。此外，数以万计的文学写作者和爱好者以函授的形式，从鲁院得到了文学的滋养和丰润。

21世纪以来，随着党和国家对文化事业的高度重视和大力推进，鲁院迎来了历史上最好的发展时期。2002年9月，在中宣部和中国作协的领导下，鲁迅文学院开始举办中青年作家高级研讨班，截止到2020年，经全体鲁院员工的不懈努力，共成功举办了三十八届中青年作家高研班，超过一千九百名富有创作实绩和巨大潜力的中青年作家先后走进鲁院，在这里接受了极富鲁院特色的学习和培训。如今，"鲁院高研班"因其广泛的赞誉，业已成为中国文坛一个响亮的品牌，无数中青年作家无不渴望来这里学习深造。

近年来，随着我国文化强国战略的不断深入实施，鲁院也不断面临新的任务和挑战，为此，鲁院注重改革创新，在坚持办好中青年作家高级研讨班的同时，努力拓展新的办学思路，不断探索作家创作培训和队伍建设的新途径和新方式。2009年到2020年，鲁院连续举办了十七期网络作家班，超过七百名网络作家在鲁院学习培训，鲁院已成为中国作协联系网络作家、引领网络文学发展的重要阵地。 2013年开始，鲁院承担了我国少数民族作家培训工程，到2020年已成功举办了三十五期少数民族中青年作家培训班，有一千五百名少数民族作家在这里得到了良好的文学培训教育。

除高研班、网络作家班、少数民族作家培训班外，近年来鲁院还加大了与各省级作协合作办班的力度，同时，进一步将合作办学不断向地市级延伸，2010年以来，鲁院和各省（行业）、地（市）作协合作办班四十六个，两千二百多名基层写作者得到了极其宝贵的培训学习机会，进一步增强了鲁院在全国文坛的影响力。

　　2017年，鲁院与北师大联办的作家研究生班二十名作家学员入学，这是继二十九年之前，莫言、余华、刘震云、迟子建、王刚等著名作家在1988年曾经就学的第一届鲁院和北师大联办的研究生班的再次延续，成为鲁院扩大影响力、提升作家综合素养的重要举措。鲁院目前有八里庄和芍药居两个校区，共有学员单间宿舍一百多间。现有教职工二十余名，分属办公室、教学研究部、培训部、后勤处和图书馆五个部门。

　　鲁迅文学院现任院长由著名诗人、中国作协副主席吉狄马加兼任，徐可担任常务副院长，主持日常工作；邢春、李东华担任副院长。在所有鲁院人的共同努力下，鲁院的明天一定会更加美好。

An Introduction to the Lu Xun Academy of Literature

The Lu Xun Academy of Literature is a state level academy for training literary talent, an affiliation of the Chinese Writers Association. It has enjoyed an uneven history of 70 years with its name having changed three times. In December 1950, it's Central Literature Institute, a national level institute for literary education was co-founded by famous modern writers, including Ding Ling and Zhang Tianyi. Later in 1953 and 1984, it was renamed the Literary Workshop of Chinese Writers Association and Lu Xun Academy of Literature respectively.

Over these 70 years, the Lu Xun Academy of Literature has formed a training model with Chinese characteristics. It never forsakes the hardworking and enterprising tradition developed at the very beginning. It carries over the literary spirit "contributing oneself to the country and the people", which was practiced by the Lu Xun Art Academy during the Anti-Japanese War. It also sticks to its educational philosophy and goal of cultivating writers for the people and people's writers; cultivating writers for the contemporary era and contemporary writers. With "inheritance, innovation, responsibility, excellence" as the motto, it continues to practice strict educational philosophy, standard management, and complete regulations. It also boasts numerous famous teachers and advanced concepts. Today, the Lu Xun Academy of Literature is reputed as the Huangpu Military School in Literature and a cradle for writers. It is a well-known literary palace aspired by numerous writers. Since its founding, the Lu Xun Academy of Literature has hosted seminars for writers, postgraduates, further studies and senior seminars. More than 7,000 middle-aged and young writers participated the seminars. In addition , tens of thousands of writers and literature lovers were nurtured and enriched by taking correspondence courses.

Entering the 21st century, the Lu Xun Academy of Literature ushers in the best period for development, as China attaches greater importance to and actively promotes the current cultural undertaking. In September 2002, the Academy launched the senior seminar for mid-aged and young writers. Thanks to the hard work of all staff, 38 seminars have been hosted successfully as of 2020. The distinctive training courses offered have benefited over 1900 accomplished writers with great potential. Now, the Senior Seminar is widely praised and has become a famous brand in Chinese literature. Numerous writers are longing to receive further training here.

The Lu Xun Academy of Literature is also challenged by new tasks as China continues to implement the strategy of invigorating China with culture. Against this backdrop, it continues to explore new educational ideas and new means of cultivating writers and team construction. From 2009 to 2020, the Academy hosted 17 seminars for online writers, which attracted over 700 online writers. The Lu Xun Institute of Literature has become an important base to link the Chinese Writers Association and online writers, as well as to guide the development of online literature. Since 2013, the Academy launched the training course for minority writers. Up to now, 35 seminars for middle-aged and young minority writers have been hosted, and 1500 minority writers altogether participated.

Apart from the seminars mentioned, the Lu Xun Academy of Literature has focused on strengthening cooperation with the provincial writers' association in recent years, with an aim of expanding its cooperative education on the municipal level. Since 2013, the Academy has conducted 46 cooperative seminars with provincial and municipal level and different sector writers' associations, offering over 2200 grassroots level writers with access to quality training courses. This also enhances the influence of the Lu Xun Academy of Literature across China.

In 2017, 20 writers participated in the postgraduate seminar co-hosted by the Academy and Beijing Normal University. 29 years ago in 1988, famous writers such as Mo Yan, Yu Hua, Liu Zhenyun, Chi Zijian and Wang Gang are students in the same seminar. By hosting such seminars, the Lu Xun Academy of Literature continues to expand its influence and contribute to improving writers' comprehensive quality. The Institute currently has two campuses, namely Balizhuang and Shaoyaoju, with 100 single rooms. It also has 20 teaching and administrative members working in five departments, namely the General Office, Department of Teaching and Research, Training Department, Logistics Department and Library.

Since 2015, Jidi Majia, a famous poet and vice-president of the Chinese Writers Association began to serve concurrently as dean of the Lu Xun Academy of Literature. Xu Ke serves as executive dean, Xing Chun and Li Donghua, the deputy dean. With concerted efforts, the Lu Xun Academy of Literature is sure to have a brighter future.

吉狄马加

—

彝族，现任中国作家协会副主席、书记处书记，鲁迅文学院院长。1961年6月生于中国西南部最大的彝族聚居区凉山彝族自治州，是中国当代最具代表性的诗人之一，同时也是一位具有广泛影响的国际性诗人，其诗歌已被翻译成二十多种文字，在近三十个国家或地区出版了近六十种版本的诗集。曾获中国第三届新诗（诗集）奖、郭沫若文学奖荣誉奖、庄重文文学奖、肖洛霍夫文学纪念奖、柔刚诗歌荣誉奖、国际华人诗人笔会中国诗魂奖、南非姆基瓦人道主义奖、欧洲诗歌与艺术荷马奖、罗马尼亚《当代人》杂志卓越诗歌奖、布加勒斯特城市诗歌奖、波兰雅尼茨基文学奖、英国剑桥大学徐志摩诗歌节银柳叶诗歌终身成就奖。他曾创办了青海湖国际诗歌节、青海国际诗人帐篷圆桌会议、凉山西昌邛海国际诗歌周以及成都国际诗歌周。

Jidi Majia

The Yi ethnicity,he was born in June 1961, and from the Liangshan Yi Autonomous Prefecture where the largest Yi nationalities lives located in the southwest of China. He is one of the most representative poets in China while also having broad influence as an international poet. His poetry has been translated into over 20 languages and published for distribution of 60 versions in almost 30 countries and regions. He has been honored with the Third China Poetry Prize, Guo Moruo Literature Prize, Zhuang Zhongwen Literary Prize, Sholokhov Memorial Prize, Rou Gang Literary Prize, the "China Poetic Spirit Award" of International Chinese P.E.N., the Mkhiva International Humanitarian Award of South Africa, the 2016 European Poetry and Art Homer Award, the Poetry Prize awarded by the Romanian magazine Contemporary People, the 2017 Bucharest Poetry Prize, the 2017 Ianicius Prize of Poland and Lifetime Achievement Award of Xu Zhimo Poetry Prize of Cambridge. Since 2007 he has founded a series of poetry events: Qinghai Lake International Poetry Festival,Qinghai Poets Tent Forum, Xichang Qionghai Lake Poets Week and Chengdu International Poetry Week. He currently serves as Vice President and Member of Secretariat of China Writers Association.

图书在版编目（CIP）数据

鲁迅文学院国际写作计划. 4 / 吉狄马加主编. -- 北京：作家出版社，2020. 10

ISBN 978-7-5212-1052-1

Ⅰ. ①鲁… Ⅱ. ①吉… Ⅲ. ①文学 - 文化交流 - 中国国外 Ⅳ. ①I109.5

中国版本图书馆CIP数据核字（2018）第124536号

鲁迅文学院国际写作计划. 4

主　　编：吉狄马加
执行主编：徐　可
编　　选：吴欣蔚　胡　嘉　程远图
责任编辑：李宏伟　秦　悦
装帧设计：薛　怡
出版发行：作家出版社有限公司
社　　址：北京农展馆南里10号　　　　邮　　编：100125
电话传真：86-10-65067186（发行中心及邮购部）
　　　　　86-10-65004079（总编室）
E-mail:zuojia@zuojia.net.cn
http://www.zuojiachubanshe.com
印　　刷：北京盛通印刷股份有限公司
成品尺寸：210×255
字　　数：206千
印　　张：11.25
版　　次：2021年1月第1版
印　　次：2021年1月第1次印刷
ISBN　978-7-5212-1052-1
定　　价：68.00元
